RAUMSCHIFF
Teslar- SX 23
antwortet nicht

Astronaut *Sputnik 13*
Verschollen im Weltall

Paulo

3

Impressum:
Autor: Paulo
2017 © Text, Fotos & Bilder: Paulo
Porträtbild: Foottoo.de

Herstellung und Verlag: BoD – Books on Demand,
Norderstedt

ISBN 978-3-7431-8981-2

Bilder Erde je 120 x 120 cm. Acryl auf Holz
www.erdpate.de

Originalbilder: Acryl auf Holz, je 120 x 120 cm.

Beim Malen der Erdbilder kam mir die Vision wie es
wohl ist, die Erde nach einer unendlich langen
Weltraumreise wieder zu entdecken. Während dem
Malen wurde mir diese Geschichte geschenkt, die ich
hiermit gerne weiter gebe. Sie eröffnet uns einen
neuen, einmaligen Blick auf unseren Heimatplaneten.

RAUMSCHIFF
Teslar- SX 23
antwortet nicht

Sputnik 13
Verschollen im Weltall

Der Kindheitstraum eines kleinen Jungen, als Astronaut fremde Planeten zu erkunden, geht in Erfüllung. Bei seiner Reise durch das All soll der mittlerweile ausgebildete Astronaut mit seinem hypermodernen Raumgleiter im Orbit einige Reparaturen an der Raumstation durchführen, an einem Satelliten ein neuartiges Empfangssystem installieren und einige neuartigen Techniken testen.

Als der Rückflug zur Erde eingeleitet wird, schaltet sich auf Grund mehrere Fehlfunktionen der zu Testzwecken an Bord befindliche Teslaantrieb zu dem normalen Antriebsystem hinzu.

Die Möglichkeiten, den Raumgleiter zu manövrieren, erweisen sich als sehr gering. Das Überleben im All ist Dank der modernen Technik an Bord kein Problem. Das viel größere Problem ist, dass das Raumschiff nicht mehr zu steuern ist und sich immer weiter von der Erde entfernt. Über viele Jahre hinweg geht der Kosmonaut in Zeit und Raum verloren. Ohne Hoffnung, seine Familie und die Erde je wieder zu sehen, beschließt er, seinem aussichtslosen Dasein ein Ende zu bereiten.

Alle lebenserhaltenden Aggregate werden abgestellt.
Dem Tode nah macht er eine sensationelle
Entdeckung.
Spannend wird die Geschichte des kleinen Jungen bis
hin zu diesem Schicksalhaften Weltraumflug erzählt.
Ob er je wieder zur Erde zurückkann und was ihn
dort erwartet ist fraglich.
.»Sollte ich je zurückkehren, werde ich mit allen Ge-
schöpfen dieses Planeten Kontakt aufnehmen und
Brücken bauen. Ich werde Brückenbauer.
Brücken, die uns durch Raum und Zeit führen.«

Der kleine Junge *Sputnik 13*

Schon als kleiner Junge träumte ich davon, Astronaut zu werden. Das Kinderzimmer, das ich mir mit meinem drei Jahre älteren Bruder teilte, war zugepflastert mit Bildern und Aufnahmen von Sonnensystemen, Galaxien, Raumfahrzeugen und den ersten Raketen der Baureihen Atlas, V2, den ersten Zweistufenraketen, dem Explorer, mit dem die ersten Satelliten ins All befördert wurden, mit der Baureihe Tiros I und II bis hin zu den Apollo-Modellen der NASA.

Unsere Zimmerlampe bestand aus einem Modell der einzelnen Planeten, die um ihren Mittelpunkt, die Sonne, kreisten. Und wenn man am Abend das Licht anschaltete, sah man sie leuchten, unsere Sonne in der Mitte unseres kleinen Universums. Besonders gefielen mir die ersten Zeichnungen der geplanten Raumstationen und die Skizzen der ersten Siedlungen auf fremden Planeten. Da ich mich nicht nur für das amerikanische sondern auch für das Weltraumprogramm der Sowjetunion interessierte nannte mich bald alle nur noch *Sputnik 13*.

Mein Mitgefühl galt den ersten Lebewesen im All, dem Schimpansen Enos in seiner Merkur-Kapsel von 1961, den Hunden und anderen armen Kreaturen, die als Versuchsprobanden benutzt wurden.

Leroy Gordon Cooper, John Glenn, Major Titow und Jurij Gagarin mit seinem ersten Flug ins All am 12. April 1961 waren meine Vorbilder. Dieser Jurij schaffte es gerade einmal, sich eine Stunde und 48 Minuten außerhalb unserer Atmosphäre aufzuhalten. Für damalige Verhältnisse eine enorme Leistung.

Als dann am 18. März 1965 die Astronauten Beljajew und Leonow mit ihrer Rakete Woschod I das erste Mal einen Weltraumausflug von sage und schreibe 20 Minuten unternahmen, schien die ganze Welt von der Faszination Raumfahrt ergriffen.

All dies kannte ich nur aus Erzählungen, ich war ja noch ein kleiner Knirps und lesen konnte ich erst Jahre später. Nächtelang lag ich wach, starrte in den Sternenhimmel. Ich wollte hinaus in den interplanetaren Raum, Außerirdische finden!

Zu dieser Zeit hatte ein gewisser Frank Drake eine riesige Ohrmuschel im US-Staat Virginia auf die Sterne Tau Ceti und Epsilon Eridani ausgerichtet. Er wollte also tatsächlich vor mir die Außerirdischen finden, das schien mir unglaublich! Dass ich der erste Astronaut auf dem Mond sein sollte, stand für mich außer Frage. Die Sowjetunion und die USA lagen über viele Jahre hinweg in einem erbitterten Kampf um die Vormachtstellung und die Beherrschung der Raumfahrt, dies wurde mir allerdings erst viel später bewusst. Ich war als Junge einfach nur begeistert.

Neil Armstrong, Edwin Aldrin und Michael Collins gelang schließlich nach vielen Fehlversuchen eine weiche Landung auf dem Mond. Ich sehe noch heute Armstrong die Treppe aus seiner Apollo 11-Kapsel hinuntersteigen, ich sehe sein fast schwereloses Hüpfen im Bereich des Mare Tranquillitatis.

Damals, am 16. Juli 1969, gab es in unserer Straße nur einen Fernseher. Das leer geräumte Wohnzimmer wurde zum Fernsehraum, es war zum Zerbersten gefüllt mit wissensdurstigen und neugierigen Nachbarn, keiner wollte sich dieses Jahrhundertereignis entgehen lassen.

Mit etwas Mühe gelang es mir, mich bis in die erste Reihe zu drücken.

Am Abend erzählte dann mein Vater, der sich ein wenig verspätet hatte und die Übertragung der Landung nicht live miterleben konnte, die Straßen seien wie leer gefegt gewesen, kein Auto, von denen es damals ohnehin nur sehr wenige gab, keine Radfahrer, kein Fußgänger; er sei wie durch eine Geisterstadt gefahren.

Jetzt stand es fest und es gab keinen Grund daran zu zweifeln: Ich sollte also nicht der erste Mensch auf dem Mond sein.

Meine Enttäuschung hierüber hielt sich allerdings in Grenzen.

»Dann flieg ich halt zum Mars, das ist auch Gut.«

Ich sammelte alles, aber wirklich alles, was mit Planeten, Raumfahrt und dergleichen zu tun hatte. Bücher, Zeitungsartikel, Bilder, Modelle, Zeichnungen, Skizzen, Fotos, Sternenbilder, Berichte. Ich war im Besitz der wohl größten Sammlung von Zeichnungen oder Skizzen von Raketen, Satelliten und Kapseln, von den Sonden Pioneer, oder Lunik, Ranger und Sputnik. Ich hatte sogar die Modellreihe der Apolloraketen.

Das war zu dieser Zeit alles noch Science-Fiction. Es gab noch nicht einmal geeignete Antriebssysteme für größere Weltraummissionen. Don Malick war einer der wage-mutigsten Piloten dieser Zeit.

Ihm gelang es mit einer flügellosen Spezialkonstruktion, einem Prototyp des zukünftigen Mondlandungsbootes, abzuheben und den Grundstein für spätere Exkursionen auf andere Planeten zu legen. Und genau so ein Testpilot wollte ich auch einmal werden. Hinter meinem Elternhaus hatte ich auf dem

Dachboden eines alten Schuppens einige altertümliche Möbel, einige Röhrenfernsehgeräte, einen Volksempfänger und andere ausgediente technische Geräte, dazu ein paar Autoreifen postiert. Mein Sitz bestand aus einem Reifenstapel und war mit Stroh ausgepolstert. Hier und mit einfachsten Mitteln baute ich mir meine Welt, meinen Traum, meine Raumstation.

Mit diesen Geräten und einem alten Fernrohr beobachtete ich das Firmament. Die Türen von Oma Linas Schrank musste ich aus Platzgründen entfernen, um all die Instrumente und Anzeigegeräte darin unterzubringen. In die Rückwand hatte ich mit Vaters Handbohrer Löcher gebohrt. Und es war für mich kleinen Jungen Schwerstarbeit, mit der kleinen stumpfen Handsäge die Bohrlöcher zu runden Ausschnitten zu vergrößern. In den massiven Brettern konnte ich dann ohne Probleme die einzelnen Apparate befestigen.

Alle Geräte wurden an der Rückwand mit den entsprechenden Zuleitungen verbunden. Zuvor hatte ich sie in verschieden große Gummiringe montiert. Aus einer alten Holzplatte wurden zusätzliche Öffnungen geschnitten, in die ich sie dann von hinten in die massive Rückwand einsetzen konnte.
Mit einer kleinen Dose Silberbronze, die eigentlich zum Anstreichen von Kaminrohren der zu dieser Zeit üblichen Kohle-, Holz- und Ölöfen gedacht war, wurde die Vorderfront der Instrumententafel bemalt. Zum Glück hat Oma Lina nie gesehen, was ich mit ihrem Schrank anstellte. Im Nachhinein kann ich mir auch vorstellen, dass sie es sah, aber in ihrer

liebevollen Art kein Wort darüber verlor. Die Eichenmaserung ihres Vollholzschrankes passte einfach wirklich nicht zu diesem revolutionären Zukunftsprojekt!

Die verwendeten Einbauten hatte ich in monatelanger Kleinarbeit aus alten Fernsehern, einem Röhrenradio und einem Messgerät, einem sogenannten Desorlusitations-gerät, das ich von meinem Onkel ergattert hatte, ausgebaut. Er war Geologe und arbeitete bei einer staatlichen Firma, die sich mit der Zusammensetzung der einzelnen Erdschichten beschäftigte. So hatte er mir jedenfalls seinen Arbeitsplatz beschrieben.
Auch sehr interessant, dachte ich, falls das mit den Raumflügen nichts wird, kann ich mich ja immer noch um die Dinge kümmern, die sich unter uns im Innern der Erde befinden.
Schnell hatte ich aber den Gedanken verworfen, in dunklen, kalten und feuchten Tunneln zu buddeln und widmete mich voll und ganz meinen Weltraumplänen. Mit diesem Desorlusitationsgerät konnte man verschiedene Feldstärken und Magnetfelder erfassen.
»Es funktioniert aber nicht mehr richtig, wir haben es ausgemustert«, hatte mein Onkel gesagt, »aber, wenn du es denn haben willst – ich schenke es dir. Funktioniert nicht mehr richtig! Ha! «
Dieses Gerät war der Wahnsinn: mehrere Rundinstrumente verschiedenfarbig unterlegt. Unzählige Kipp- und Drehschalter und jede Menge farbige Steckbuchsen und Anschlusskabeln. Wenn man den weißen Plastikstecker, eines dieser Kabel, der damals

nur zwei Kontakte hatte, eine Steckbuchse ansteckte, hüpften die Anzeigen vergnügt auf und ab.

Als alle Instrumente im Schrank eingebaut waren, ergab sich das fantastische Bild eines Cockpits mit Schalttafeln und Navigationsgeräten, die mich in die Weite des Universums bringen sollten. Genauso hatte ich mir immer eine Raumkapsel vorgestellt.
Wir, ich und die anderen Kinder aus der Nachbarschaft, hatten allesamt ja wenig Ahnung davon, wie denn so ein Astronautencockpit tatsächlich aussah. Im unteren Bereich des Schrankes hatte ich den alten, noch funktionsfähigen Volksempfänger mit seiner furnierten Holzoberfläche, der die Maße eines kleinen Kühlschranks hatte eingebaut. Gelegentlich konnte man Beiträge und Berichte hören, auch Musik war mit kratzenden Tönen zu empfangen. Nicht etwa, dass das störend gewesen wäre, nein, ganz im Gegenteil, es passte hervorragend zu den übrigen Cockpiteinbauten. Gerade das war es, was mich so faszinierte, diese scheinbar gewollte Unvollkommenheit.
Im oberen Bereich baute ich das Rundinstrument eines alten Radios ein, das in verschiedenen grünlichen Abstufungen schimmerte. Diese Anzeige zog sich zusammen, wenn man an dem großen, braunen Plastikrad drehte und endlich einen Sender genau eingestellt hatte. Nun gut, auch diese Anzeige war leicht defekt. Sie zog sich mehrmals in kurzen Abständen zusammen, um sich dann mit einem etwas befremdlichen, ächzenden Geräusch langsam nochmals auszubreiten. Diese Zuckungen waren fortlaufend wahrzunehmen und eine echte Berei-

cherung – optisch und akustisch – für meine persönliche Raumforschungsstation.

Hinter unserem Schuppen stand Papas alter Transporter, den er unglücklicherweise eines Tages gegen einen Baum gefahren hatte. An den Kotflügeln, der Motorhaube und am Unterbau war er ziemlich beschädigt und sollte fortan dem neuen Bus als Ersatzteillager dienen.
In der Mitte des Armaturenbretts war eine Uhr eingebaut, für die damaligen Verhältnisse ein echter Luxus. Sie war allerdings nicht über die Stromversorgung des Autos angeklemmt und musste noch wie ein Wecker von Hand aufgezogen werden. Diese und auch den Drehzahlmesser konnte ich ohne größere Beschädigungen ausbauen. Die alte Autobatterie hatte noch immer ein wenig Spannung und sorgte bei den Geräten in meinem Schrank wenigstens für die Beleuchtung.

Und auch eine Empfangsantenne sollte ich kurz darauf mein Eigen nennen. Mein Vater hatte einige Wochen zuvor eine neue Fernsehantenne aufs Dach unseres kleinen Hauses montiert – wir waren eine der ersten Familien im Dorf, die einen Fernseher hatten. Es waren diese seltsamen Eisenstangen mit langer Verbindung, die wie auf Stelzen weit über das Dach hinausragen mussten und aussahen wie umgebaute Wäscheständer, um die einzigen beiden zur Verfügung stehenden Sender zu empfangen. Ich sehe noch den Bruder meines Vaters, auf dem Dach sitzen und den Antennenmast drehen. Ich stand unten im Garten und musste die Beobachtungen meines Vaters vor dem Schwarz-Weiß-Gerät weitergeben und hinauf schreien:

»Gut, noch ein bisschen drehen, halt, wieder zurück, besser, nein, doch nicht, noch etwas vor.« Und so ging es gefühlte Stunden, bis endlich die passende Einstellung gefunden war. Die alten UKW-, KW-, LW- und MW-Radioantennen lagen so, wie sie vom Dach geworfen wurden, nun im Garten und wurden allmählich von Unkraut überwuchert. Als ich dann wenig später meine Raumkapsel einrichtete, musste ich nicht lange überlegen. Mir war klar, wie ich die Überreste der Antennen verbauen und zusammensetzen musste, um sie zu einer kosmischen Abhöranlage umzubauen, meine neueste große und geheime Idee. Davon versprach ich mir einiges, ja, vielleicht konnte ich sogar einige vertrauliche Informationen aus dem interstellaren Raum sammeln. Die einzelnen Antennenelemente schraubte ich auf die großen Bohnenstangen, die Oma Lina erst im nächsten Jahr wieder benötigte und stellte sie in einer Dreier-formation mit einem Abstand von mehreren Metern im hinteren Teil unseres Gartens auf. Diese sich auf den Empfang günstig auswirkenden Abstände erfuhr ich von meinem Onkel Sepp, der sich mit solchen Dingen hervorragend auskannte. Damals hatte ich keine Ahnung von all dem, was er mir erzählte. Ich hinterließ aber wohl einen interessierten und verständigen Eindruck und so berichtete er mir von den verschiedenen Wellenlängen, auf denen die einzelnen Sendestrahlen von Sendeturm zu Sendeturm geschickt wurden. Mit einem passenden Empfangsteil konnte man sich in diese Frequenzen einhaken und schon hatte man Empfang.

Über sechs Meter ragten meine Antennen nun wie übergroße Speerspitzen in den Himmel und waren schon von Weitem zu sehen. Natürlich musste ich noch verschiedenste Stützpfosten zur Befestigung setzen, die ich mit Aluminiumfolie umwickelte.

Die Nachbarschaft wunderte sich nicht unerheblich über die eigenartigen Geräte und deren Anordnung, traute sich aber nicht, meinen Vater darauf anzusprechen. Sämtliche alten Bretter, Kanthölzer und Bohlen fanden an der neuartigen Konstruktion Verwendung. In solchen Momenten des Schaffens war ich nicht mehr zu bremsen. Ich hämmerte, nagelte und schraubte wie besessen bis zur völligen Erschöpfung. In den Nächten nach den seltenen Tagen, an denen wir nicht zum Spielen hinaus durften, lag ich wach und wartete ungeduldig auf die nächste Gelegenheit, an meinem Gebilde weiterzuarbeiten.

Den Kupferdraht, der noch in Rollen vom Umbau unseres Hauses herumlag, spannte ich auf sechsmal vier Meter große, rechteckige Holzrahmen, die ich mir zusammengezimmert hatte. Vier dieser Rahmen stellte ich wie Mauern in halbrunder Anordnung um die Empfangsmasten.

Es war ein mächtig beeindruckendes Bauwerk, das da hinter unserem Haus entstand. Und es war nur eine Frage der Zeit, so dachte ich, bis der militärische Abschirmdienst darauf aufmerksam wurde.

Ich wusste allerdings kein geeignetes Mittel, dieses Bauwerk, das mittlerweile fast die Ausmaße eines Einfamilienhauses angenommen hatte, zu tarnen.

So beschloss ich, so lange weiterzumachen, bis ich entdeckt und wahrscheinlich eingesperrt würde.

Immer wenn meine Mutter die Konstruktion sah, schüttelte sie den Kopf und verlangte heftig, das »Monstrum« abzureißen.

»Was sollen denn die Nachbarn von uns denken? Lass' dir doch mal was Vernünftiges einfallen oder geh' mit den anderen Kindern ins Schwimmbad! Ich weiß nicht, was aus diesem Jungen einmal werden soll!«

»Na, Raumfahrer werde ich!«, gab ich dann entschlossen zur Antwort.

Mein Vater und Oma Lina hingegen unterstützten meine Aktivitäten und überzeugten Mutter schließlich, die Anlage wenigstens bis zum Herbst stehen zu lassen. Als ich dann meine Spielkameraden zu uns einlud, standen sie mit leuchtenden Augen und ebenso weit geöffnetem Mund vor dem kosmischen Empfangsgiganten Luna 1, wie ich ihn nannte. Luna 1 klang viel besser als »Das ist der umgebaute Schrank von Oma Lina.«

Nachdem ich das Interesse meiner Freunde Franz-Rudolf, Rembert und Jörg geweckt hatte, beschlossen wir, am darauffolgenden Freitag um sieben Uhr einen Demonstrationsabhörabend für die Kinder des Dorfes durchzuführen. Von den neugierigen Fragen bei den ersten Besichtigungen meiner drei Freunde gedrängt, was denn jetzt passieren würde, schaltete ich die Anlage mit dem alten Röhrenradio in meinem Empfangsschrank ein. Das Radio verfügte über eine eingebaute kleine Stabantenne, mit der es möglich war, die starken Sender zu empfangen. Ich drehte den Lautsprecherknopf, der aus dem Plastik der ersten Generation geformt war, ganz nach links, sodass nichts zu hören war.

Musik oder uninteressante Berichte in unserer Sprache wollte ja ohnehin keiner von uns hören. Auf die Fragen meiner Freunde, was man mit diesem ganzen Zeug denn so anfangen könne, geriet ich ins Schwärmen. Meine Erzählungen von den Möglichkeiten, Berichte von fremden Ländern, fernen Inseln, von Pygmäen und Menschenfressern zu empfangen, stießen auf Begeisterung. Von Wanderdünen, von riesigen Eisbergen, Tieren so groß wie ein Schulbus, von Bauwerken am anderen Ende der Welt erzählte ich. Was mich jedoch noch sehr viel mehr begeisterte, waren das Weltall und die Außerirdischen. Ihre Gespräche, oder genauer gesagt, ihre Kommunikationen konnte ich nun endlich belauschen.

Ich zückte mein kleines Taschenheft, in dem ich alle klimatischen und sphärischen Besonderheiten wie Wetter, Stand der Sterne, Außentemperatur usw. notiert hatte und erklärte meinen staunenden Zuhörern, dass ich in den letzten Nächten bereits seltsame Geräusche aus dem All empfangen hatte. Abends nach Sonnenuntergang und natürlich nur bei wolkenlosem Himmel war der Empfang am besten. Wahrscheinlich handelte es sich um verschlüsselte Nachrichten in einer unbekannten Sprache.

Die Ankündigung meines Demonstrationsvorhabens sprach sich wie ein Lauffeuer im Ort herum. Jedoch war schon im Vorfeld klar: die Aufnahmekapazität war auf 25 Kinder beschränkt. Ihre Begeisterung wurde lediglich ein wenig eingeschränkt durch unsere Forderung nach einem Unkostenbeitrag. Wir erklärten unserer Hörerschar, dass wir nichts an der Aktion verdienen wollten, aber die enormen

Investitionen dieser Großabhöranlage mussten natürlich irgendwie auch wieder hereinkommen.

Nach einer gewissen Anfangseuphorie, die wir mit Eis-Creme vom verdienten Geld feiern wollten, sollte mit den zukünftigen Einnahmen unsere Abhöranlage immer auf dem neusten Stand der Technik gehalten werden.

Der erwartete Ansturm ließ auch nicht lange auf sich warten und bereits eine Stunde nach Schulschluss hatte Jörg alle handgeschriebenen Eintrittskarten verkauft.

»Wenn ich noch 50 gehabt hätte, wären wir jetzt reich.«

Jörg kam stolz mit einem Beutel voller Münzen zurück.

»Ach übrigens, die Tochter unserer neuen Nachbarn hat auch eine Karte gekauft!«, meinte er betont beiläufig.

Wir starrten ihn fassungslos an. Wie aus einem Mund brach es aus uns heraus: »Ein Mädchen?!«

»Hast du ihr nicht erklärt, dass das Männersache ist?«

»Ja, habe ich, aber sie hat sich nicht abwimmeln lassen. Ihr Vater arbeitet als Ingenieur am Flughafen und ich dachte, vielleicht kann der uns dafür mal mitnehmen.«

Der Gedanke, einmal im Flughafengelände umherzulaufen, gefiel uns schon und wir beschlossen, eine Ausnahme zu machen.

»Die hat sowieso keine Ahnung, um was es geht, der wird es wahrscheinlich nach zehn Minuten langweilig und dann haut sie ab.«

„Ja, oder sie bekommt es mit der Angst und fängt an zu flennen.«

Ich nahm mir vor, zu dem Mädchen freundlich zu sein, denn vielleicht konnte mich ihr Vater tatsächlich einmal mit zum Flughafen nehmen.

Wir planten sogar, die Vorführungen zu wiederholen und an den nächsten Abenden eventuell Mädchen aufzunehmen. Ganz euphorisch wurden wir bei dem Gedanken, den gesamten Garten zu bestuhlen. Unsere Ausmalungen endeten in der Idee, ein Riesenteleskop anzuschaffen und Bücher über unsere Entdeckungen zu schreiben. Franz-Rudolf gab allerdings zu bedenken, es sei durchaus möglich, dass wir auffliegen könnten und die Außerirdischen sämtliche Frequenzen ändern würden. Auch die Gefahr eines Angriffs der Außerirdischen auf unsere Anlage wurde heftig diskutiert.

In den nächsten Nächten schlief niemand von uns und wir waren selbst am letzten Tag vor der großen Darbietung noch mit allerlei Vorbereitungen beschäftigt. Die Sonne war bereits am Untergehen und als es dämmerte, rief Oma Lina uns vom Haus zu:

»Die ersten Kinder stehen vor dem Tor, es kann losgehen!«

Wir hatten Glück. Es war ein sternenklarer Abend. Alle waren da. Einige in Begleitung ihrer Eltern oder größeren Geschwister, die hofften, auch etwas von dem Spektakel mitzubekommen. Sie mussten allerdings erkennen, dass wir hier sehr streng waren. Erwachsene konnten wir bei etwas so Geheimen nun wirklich nicht gebrauchen. Sie mussten schließlich hinter den Absperrungen zurückbleiben, die Jörg und Rembert eisern bewachten. Oma Lina hielt zur Begrüßung für alle Kinder eine selbst gemischte

Brauselimonade bereit. Sie übernahm auch das Abreißen der Karten. Ich nahm alle Jungs am Tor in Empfang und bat sie, mir in den Garten zu folgen. Das einzige Mädchen in der Gruppe fiel mir nicht nur wegen ihrem schönen, schwarzen, rückenlangen Haar auf, nein, sie stand auch mit einer natürlichen Selbstverständlichkeit vor mir und hielt mir ihre Eintrittskarte frech vors Gesicht.

»Die ... Karten ... nimmt die Dame da vorn«, stammelte ich verwirrt.
Sie stand da und schaute mir in die Augen. Nein, es war nicht nur ein Schauen, es war mehr, viel mehr. Wie lange wir uns anschauten, kann ich nicht mehr sagen. Ich kam erst zu mir, als ich nach einer Weile ziemlich unsanft angerempelt wurde.

»Was ist los da vorn? Die anderen wollen auch rein!« Das Nachbarmädchen riss selbst eine kleine Ecke an der Karte ab, drückte mir diese in die Hand und dabei geschah etwas Sonderbares. Zum ersten Mal spürte ich eine bis dahin völlig fremde, allerdings nicht unangenehme Nähe zu einem anderen Menschen. Sie hatte so warme und weiche Hände, am liebsten hätte ich sie ein wenig länger festgehalten, sie aber drehte sich so schwungvoll auf dem Absatz um, dass ihre Haare im großen Bogen durch mein Gesicht flogen. Sie warf einen flüchtigen Blick über die Schulter und steuerte an der Gruppe der anderen Kinder vorbei direkt zur ersten Reihe. Durch das Kitzeln ihrer Haare war ich wieder in der Realität angekommen. Das Gedränge wurde stärker, alle wollten den besten Platz. Wir verloren uns aus den Augen. Aber ich hielt immerzu Ausschau nach ihr.

Zunächst war die Gruppe im Freien in unserem Garten. Ich hatte aus Erde einen 20 Zentimeter hohen Wall aufgeschüttet, dessen Innenmaße drei mal drei Meter betrugen. Der Sand aus dem Sandkasten meiner kleinen Schwester wurde als Untergrund hergenommen, bei der diese wissenschaftliche Notwendigkeit auf blankes Unverständnis gestoßen war.

In bestimmten Abständen waren verschieden große Glaskugeln und mehrere Bälle drapiert, die unsere Erde und die Planeten darstellten. Alle hatten sich um dieses »kleine Universum« gestellt und wir erklärten, das seien in etwa die Größenverhältnisse der Planeten zueinander, wenn man sie vom Weltraum aus betrachtete. In der Mitte lag Mutters Gymnastikball, ich hatte ihn extra mit orangener Farbe angemalt. Zum Entsetzen meiner Mutter, löste sich, wegen der verwendeten Lackfarbe, die Kunststoffoberfläche meiner neuen Sonne nach zwei Tagen in seine Einzelteile auf.

Neben der Sonne lagen Merkur, Venus und schon bald war eine kleine blaugrüne Glaskugel, unsere Erde, zu sehen. Weiter draußen reihten sich Mars, Jupiter und Saturn mit seinen aus Mehl und Puderzucker geformten Ringen, dann Uranus, Neptun und auch der kleinste Planet Pluto, den ich mit einer grünen Stecknadel gekennzeichnet hatte. Allerdings waren aufgrund der hereinbrechenden Dunkelheit die kleineren Planeten nicht mehr zu erkennen, was der Faszination der Besucher jedoch keinen Abbruch tat. Während meiner Erklärungen kratzte ich mit einem Holzstock Kreise um die Sonne in den Sand, so konnten sich alle Zuschauer die einzelnen

Umlaufbahnen besser vorstellen. Auf dieses Modell waren wir mächtig stolz, und in der Tat, es war auch sehr ansehnlich und informativ.

»Und was bedeuten diese kleinen Hügelkrater da vorn?«, wollte eines der Kinder wissen.

Unser Kater Mikesch hatte in der vorherigen Nacht hier wohl seine Geschäfte erledigt, sodass Teile des Bodens, ich meine natürlich unseres Universums, verwüstet waren. Aus diesen allzu tierischen Spuren machte ich sogleich kosmische schwarze Löcher, Ansammlungen von Materie, die alles mit ihrer unglaublichen Energie verschlangen.

Dann erklärten wir unseren interessierten Zuhörern die verschiedenen Sternbilder. Franz-Rudolf, der übrigens sehr belesen war, berichtete von Besonderheiten am nächtlichen Himmel. Seine Schilderungen waren fantastisch, er verstand es, die Kinder mit seinen spannenden Erzählungen zu begeistern. Die Geschichten, die er sich ausdachte, waren ebenso erfunden und schaurig wie tiefgründig. Als Franz-Rudolf nicht mehr weiter wusste, war ich wieder an der Reihe. Wie dieses und wie jenes Sternenbild hieß, wollten die Kinder wissen und ihre Neugier erschien unersättlich. Wissenschaftlich untermauert, jedenfalls klang es danach, hatte ich mich doch lange Zeit mit dieser Materie beschäftigt, erklärte ich einige Sternenbilder und deren Verschiebung zu den wechselnden Jahreszeiten. Ich sprach vom Großen Bär, der Jungfrau, dem Löwen und erzählte vom Großen und auch vom Kleinen Wagen. Die Existenz mancher Konstellationen war mir zwar bekannt, jedoch musste ich bei der einen

oder anderen kurzerhand ausgefallene Namen
erfinden.

Ein Planet ist mir bis heute noch immer als glasklare,
bildhafte und ungetrübte Erscheinung in Erinnerung.
Aus all den anderen Sternen stach es hervor. Es war
atemberaubend. Mit einem hellen Leuchten, als wolle
er alle Blicke dieser Welt auf sich ziehen, stand
Jupiter senkrecht genau unter der Neumondsichel.
Eine gigantische Erscheinung. »Steigendes Feuer«
sollte ab sofort sein Name sein. Noch Jahre später
wurde ich von den Kindern »Sputnik 13 Steigendes
Feuer« genannt – auch wegen eines hier nicht näher
erläuterten Sommerabenteuers mit einer ungemähten,
sehr trockenen Wiese. Ein, wie ich meine, sehr
schöner Spitzname, der mir schmeichelte und uns
alle, auch Jahre später noch, an diese Pionierzeit der
Raumfahrt in unserm kleinen Dorf erinnerte. Wahrscheinlich wussten die Kinder der damaligen Veranstaltungen bald, dass es diese Bezeichnung nicht gab,
aber niemand hat mich je darauf angesprochen.
Vielleicht wissen sie aber auch bis heute nicht genau,
ob ich nicht doch die Wahrheit sagte.

Trotz der blumigen Schilderungen wurde unser
Publikum mit der Zeit unruhig. Es brannte darauf,
den Innenraum, das Herz, die Zentrale besichtigen zu
können. Die Kinder wollten aktiv miterleben, wovon
sie schon so manches Kuriosum und wilde Abenteuer
gehört hatten.
»Können wir nicht endlich nach innen, die
Außerirdischen belauschen?«

»Geduld, Geduld, wir sind gleich fertig, aber ihr müsst wissen, ohne dieses Hintergrundwissen könnt ihr mit dem hier Erlebten nicht richtig umgehen«, besänftigten wir sie.

»Ihr könntet Albträume bekommen. Ihr könntet sogar den Verstand verlieren und müsstet in ein Heim für Geisteskranke! Wir erklären euch das nicht einfach nur so zum Zeitvertreib. Oh! Da seht nur!«

Wie auf Bestellung schoss eine Sternschnuppe über den Nachthimmel und versank hinter den Bäumen. Der helle gelbe Schweif, den sie hinter sich herzog, beschrieb eine halbrunde Flugbahn. Dadurch wurde der Blick der Kinder genau auf die Empfangsantenne im Garten gelenkt. Die Umrisse wurden klarer und man erahnte die gigantischen Ausmaße meiner monatelangen Anstrengungen.

Mit dem Lichtstrahl waren alle Kinder nun endgültig begeistert, alle schienen infiziert von jenem Fieber, dem ich bereits seit Jahren verfallen war.

»Wahrscheinlich waren das bereits die ersten Außerirdischen«, hörte ich Franz-Rudolf hinter mir murmeln. »Sie jagen in ihren Raumschiffen mit Lichtgeschwindigkeit von einem Planeten zum nächsten.«

»Auf unserem Planeten können sie, so glaube ich wenigstens, nicht landen.«

»Und woher weißt du, dass sie nicht genau jetzt hinterm Wald gelandet und schon auf dem Weg zu uns sind?«, wurde etwas verängstigt gefragt.

»Sie halten unsere Atmosphäre und den Luftdruck nicht aus. Wenn sie bei uns landen, werden sie innerhalb von wenigen Augenblicken zu Staub zerfallen oder sie platzen einfach auseinander.«

Die ganze Gruppe machte eine kleine Rückwärtsbewegung. Franz-Rudolf hatte doch ein bisschen zu dick aufgetragen.
Mittlerweile umringten alle das bunte Absperrband, das wir um die Empfangsantennen gebaut hatten. Die Schilder erfüllten ihren Zweck.

**Vorsicht! Empfangsanlage
Nicht berühren! Lebensgefahr!**

Dann war es soweit. Wir machten uns auf den Weg nach innen zur Schaltzentrale. Ein oder zwei Kinder waren etwas verunsichert und schauten sich immer wieder ängstlich um, ob nicht doch heute schon ein unbekanntes Flugobjekt genau hier landen und alles zerstören würde. Es entstand, ohne dass jemand zur Eile aufgefordert oder etwas Beunruhigendes gesagt hätte, ein gewisses Gedränge, alle strebten die Steintreppe hinauf in den kleinen Raum. Je mehr gedrückt wurde, umso schneller wollte sich jeder in die Sicherheit der Gruppe bringen. »Achtet auf die Kabel, die am Boden liegen und bitte nichts anfassen«, warnte ich.

Das war Remberts Signal, er steckte die verschiedensten Stecker in die Steckdosen und die kleinen, zunächst leicht flackernden Birnchen hinter den Anzeigen ließen die Gesichter der Kinder erahnen. Als Zeichen der gewünschten Aufmerksamkeit streckte ich die linke Hand nach hinten, mit der Rechten griff ich vorsichtig nach vorne. Alle standen um mich herum. Ruhig und mit großer Vorsicht nahm ich den Kopfhörer, der mit einem Kabel hinter der Rückwand des Schranks verbunden war, aus der Halterung und setzte ihn bedächtig auf. Diese Szene hatte etwas Mystisches, wir hatten sie extra geprobt. Die Kleinen rückten näher an uns heran. Es war eine schöne, wachsame, aber von Nervosität geprägte Atmosphäre.

»Ruhig, seid doch mal ruhig, ich glaube, ich hab' was! Sobald ich etwas gefunden habe, stelle ich auf Lautsprecher, dann könnt ihr mithören.« Die Aufregung, von der alle erfasst wurden, war nun zum Greifen nahe.

»Ich hab was, leise … ich glaube, da sind sie!«
Einer der Kleineren hielt es nicht mehr aus. »Zieh' lieber das Kabel raus, wenn uns die Außerirdischen erwischen, zerstören sie unseren Ort und machen uns wahrscheinlich alle kalt oder fressen uns auf!«

»Wenn wir die hören, dann hören sie uns vielleicht auch!«, flüsterte ein anderer. Ich versuchte, die Kinder ein wenig zu beruhigen.
»Nun ja, das weiß ich auch nicht so genau. Aber ich habe vorsichtshalber, wie ihr ja sicherlich gesehen habt, Absperrgitter um die Antennen gebaut und diese zusätzlich mit weiteren Drähten umwickelt. Beruhigt euch, ihr habt doch die riesige Abschirmkonstruktion im Garten gesehen. Und Weltraumforschung ist immer ein Risiko für uns Menschen, das ist nur was für Mutige!«

Tagsüber hatte ich alles mehrmals genau ausprobiert. Es war mir am Nachmittag gelungen, einen Sender in arabischer Sprache einzustellen. Und wenn ich das

Plastikrad leicht nach links drehte, waren Morsezeichen zu hören.

Mein Onkel Sepp war während seiner Militärzeit bei den Funkern gewesen, er war im Morsealphabet ausgebildet. Immer wenn er bei meinem Vater zu Besuch war, hatte ich ihn gelöchert, damit er mir wieder einige der Zeichen erklärte. Vor etwa einem halben Jahr hatte er mir ein kleines, abgegriffenes, etwa 80 Seiten starkes Büchlein mitgebracht. Hier waren alle Wörter, Buchstaben und Kürzel genau beschrieben. Die Tischkante musste herhalten und im Laufe der Zeit verstand ich einfache Fragen per Klopfen zu beantworten. Eine tolle Geheimsprache!

Ich stellte das Radiogerät jetzt auf Mittelwelle. Auf dieser Frequenz hatte man keinen guten Klang und alles, was man hörte, war ziemlich verzerrt. Ich drehte am Empfangsrad. Als die ersten, mit Pfeifen und Summen unterlegten arabischen Laute zu hören waren, fand die Begeisterung ihren Höhepunkt.

»Wir starten nun den Lauschangriff auf außerirdische Zivilisationen! Unsere Geräte sind parallel geschaltet und arbeiten auf der Ebene von 4000 bis 6000 Watt, was beim Einschalten dazu führen kann, dass die Stromversorgung der ganzen Siedlung zusammenbricht. Aber keine Angst! Mein Vater hat noch gestern mit dem Stromwerk gesprochen, die haben zugesichert, uns würde für unsere Arbeit ausreichend Energie zur Verfügung zu stellen!«, versicherte ich. Die anfängliche Begeisterung schlug Sekunden später in ehrfurchtsvolles Staunen um und die Kleinen gaben keinen Mucks mehr von sich.

Nur die tiefen hastigen Atemzüge der Kinder aus der ersten Reihe waren zu hören.

Ich drehte ein wenig am Empfangsrad und Franz-Rudolf versuchte zu übersetzen, was da so aus dem All zu uns kam. Wir alle waren ergriffen von diesem fantastischen Moment und das war deutlich zu spüren. Wir befanden uns auf der Reise in ferne Galaxien, zu fremden Planeten und Außerirdischen, zu Kreaturen mit mehreren Köpfen und vielen Armen und Beinen, die mit kleinen Greifarmen bespickt waren. In ihren Adern floss glitschige, grüne Pampe. Und jeder von uns ging in dieser Nacht auf eine nie erlebte Wanderung.

Lange noch wurde von den Abenteuern mit den Außerirdischen an jenem Abend hinter unserem Haus gesprochen. Dass die Kinder das Erlebte durch ihre eigenen Fantasien und Erzählungen ausschmückten, war nicht zu vermeiden und trug innerhalb weniger Tage zu unserer Berühmtheit in der ganzen Schule bei. Die Anerkennung und der Respekt, den die anderen Kinder uns nun entgegenbrachten, waren allgegenwärtig.
Den Lehrern und Eltern wurde von unserer Vorführung berichtet. Sie fragten, wann auch sie mal zu unseren Abenden kommen könnten. Dies galt es jedoch aus Sicherheitsgründen zu vermeiden.
Die Einnahmen aus jener Veranstaltung setzte ich mit meinem kompetenten Team bis auf Weniges wie geplant bereits am nächsten Tag in Eiscreme um. Eine willkommene, angenehme Erfrischung an diesen heißen Sommertagen.

Selbst Jahre später, beim Anblick des Sternenhimmels, wenn Jupiter am Firmament steht, kommen alle Erinnerungen unserer damaligen

Forschung taufrisch in mein Gedächtnis. Noch immer stehen die Kleinen um mich herum und fragen mir Löcher in den Bauch. Noch immer starre ich an den sternenklaren Himmel und erfreue mich an diesem Zauber.

Und wenn ich mich umdrehe, sehe ich auch wieder diese großen Augen mit dem neugierigen, fordernden, temperamentvollen Blick. Sie ist noch immer da.

Aus einigen Metern Entfernung durch all die anderen hindurch fanden sich unsere Blicke und ich sah das Funkeln in ihren Augen. Es verging seitdem kein Tag, an dem ich nicht an diese Augen dachte. Ich hatte das Gefühl, als hätte mich an jenem Tag ein kleiner Blitz, allerdings kein außerirdischer, gestreift.

Und nach den großen Sommerferien kam genau dieses Mädchen in unsere Klasse und nahm den freien Platz neben mir in Beschlag. Sie knallte ihre Tasche unter den Tisch, drehte sich zu mir und kam ganz nah.

»Hey, ich heiße Suraja, ich weiß, wie du heißt, du hast nichts dagegen, wenn ich mich neben dich setze?«

Bevor ich noch irgendetwas sagen konnte, saß sie auch schon.

»Äh, hm, ... eigentlich ist dieser Platz ... na klar, äh, ... warum denn nicht.«

Ich wollte zwar gelassen wirken, das Stammeln verriet jedoch meine Verlegenheit und die Nervosität in meiner Stimme tat ihr Übriges. Ich starrte nur nach vorn und auf mein Heft.

Aus den Augenwinkeln heraus konnte ich für den Bruchteil einer Sekunde das Blitzen in ihren Augen erahnen. Sie lächelte mich an. Seit diesem Tag saß sie neben mir oder besser gesagt, wir saßen ab sofort immer nebeneinander.

Da sich unsere wissenschaftliche Forschungsstation im ganzen Dorf herumgesprochen hatte, war auch der Schulrat auf uns aufmerksam geworden. Um eine bessere Notenvergabe zu erreichen, luden wir nun doch den gesamten Lehrkörper zehn Tage später zu einer Besichtigung ein. Wir waren allerdings schlau genug, diesen Abend nie zustande kommen zu lassen, so viele Erwachsene, vielleicht auch noch mit Verbindungen ins Ministerium, das war uns doch zu heiß.
Die kurzfristige Absage musste ich allerdings sogar vor dem Schuldirektor erläutern.
»Also das war so ...«, erklärte ich Herrn Direktor Morig.
Damals glaubte ich überzeugend aufzutreten, was aus heutiger Sicht allerdings eher unwahrscheinlich ist.
»Vor zwei Tagen war ich gerade dabei, die genauen Frequenzen an meiner Abhöranlage einzustellen, um die Morsezeichen aufzunehmen, als es draußen einen fürchterlichen Knall gab. Meine gesamte Empfangsanlage wurde von einem Blitzeinschlag getroffen und völlig zerstört.«
Der Direktor schlug die Hände zusammen und beugte sich über sein Schreibpult.

»Das verstehe ich nicht«, sagte er erstaunt. »Es hat seit zwei Wochen weder ein Gewitter noch sonst ein Unwetter gegeben.«

»Genau, Sie sagen es, es ist höchst mysteriös. Ich verstehe das auch nicht, jedenfalls ist die Anlage zerstört und kann nicht besichtigt werden.«

Der Direktor sagte:
»Nun ja, dann handelte es sich also um höhere Gewalt. Da kann man nichts machen.«

Als ich aus dem Rektorat kam, wollten alle Mitschüler wissen, wie er reagiert habe.
»Ich habe ihm erklärt, dass es sich bei der Zerstörung der Abhöranlage um einen Blitzeinschlag gehandelt haben muss. Das hat er auch geglaubt.«

Den Ruf, den ich mir durch den Demonstrationsabend mit den Kindern verschafft hatte, verhalf mir später zu mancher Vergünstigung in Form von Geburtstagseinladungen oder beim Murmelspiel. Manchmal war ich mir selbst nicht ganz sicher, was erfunden und was Wirklichkeit war.

Suraja

Ihr Interesse galt ab diesem Tag nicht allein mehr ihren Freundinnen. Und ich erahnte, dass es auch noch andere wichtige Dinge im Leben geben könnte als Sternenkunde und Weltraumforschung. Suraja und ich waren von nun an unzertrennlich. Ich durfte auf dem Heimweg ihre Tasche tragen und wir waren fast immer zusammen. So war es auch nicht verwunderlich, dass sie und ich, als wir ein wenig älter waren, ein Paar wurden.

In diesem Jahr schrieb Suraja deutlich besser Noten als ich und ihre Eltern überlegten, ob sie nicht eine Klasse überspringen könne. Bereits wenige Tage, nachdem sie mit den Lehrern und Suraja über diese Pläne gesprochen hatten, wurde die nächste Klassenarbeit geschrieben. Bis heute können sich die Eltern die plötzliche Unwissenheit ihrer Tochter und das Absacken um durchschnittlich drei Noten nicht erklären. Es hatte jedoch zur Folge, dass wir auch weiterhin in der gleichen Klasse blieben und so auch zeitgleich unseren Abschluss machten.

Bei allem, was wir taten, klebten wir zusammen. Sie half mir bei den Fremdsprachen und ich durfte ihr Nachhilfe in Chemie und Physik geben, ihren einzigen schulischen Schwächen. In der sechsten Klasse traf ich mit meinen Eltern eine Vereinbarung. Für den erfolgreichen Abschluss eines Studiums versprachen sie mir leichtsinnigerweise die Finanzierung eines Pilotenscheins für Motorflugzeuge. Die schriftliche Vereinbarung hütete ich all die Jahre wie die Kronjuwelen. Mit 17 Jahren machte ich meinen ersten Flugschein für Segelflugzeuge.

Bei unserer Abschlussfeier war auch Herr Morig, mittlerweile im wohlverdienten Ruhestand, anwesend. Nach der obligatorischen Ansprache, der Urkunden-verleihung und dem anschließenden Festakt packte er mich freundschaftlich am Ärmel und zog mich zur Seite.

»Gratuliere zum Abschluss, war wohl doch nicht alles umsonst bei dir. Übrigens, ich erinnere mich noch sehr gut an deine damalige Aktion mit dieser Abhöranlage und dem Blitz am wolkenlosen Himmel, ich wollte dir schon immer sagen, dass ich dir damals kein ...« Und genau in diesem Moment klopfte ihm ein früherer Kollege auf die Schulter, und sofort begannen sie eine angeregte Unterhaltung über die guten alten Zeiten, lachten und amüsierten sich, sodass ich nie erfuhr, was er sagen wollte.

»Suraja«. Wenn ich mir diesen Namen sage, ich meine laut nur zu mir selbst, dann ist es, als würde ich einen allumfassenden Lebenswunsch in ein Wort packen.

»Suraja, Suraja«, wie oft habe ich den Namen in meiner späteren größten Einsamkeit, in meiner Verzweiflung gerufen. »Suraja.«

Unsere Jugendliebe entwickelte sich zu einer handfesten Beziehung. Mein sehnlichster Wunsch, der mich durch die trockenen Jahre des Studiums führte, war immer noch, Astronaut zu werden. Nichts Anderes wollte ich werden. Nach dem Studium konzentrierte ich mich verstärkt auf dieses Ziel. Ich wollte noch immer hinaus zu den fernen Planeten, zu den Außerirdischen, die ich als Kind schon belauscht hatte. Suraja kannte meine Wünsche und unterstützte mich, wo immer sie nur konnte.

Mit leichtem Zähneknirschen, aber auch voller Stolz, zahlten meine Eltern, nach meinem Abschluss tatsächlich alle Flugstunden und Gebühren.
So erwarb ich das versprochene Patent für Motorflieger. Ein Bekannter meines Vaters nahm mich gelegentlich in seinem Heißluftballon mit. Auch Suraja war vom Fieber der Fliegerei ergriffen. Wir durften Dank der Beziehungen ihres Vaters in den Ferien ein Praktikum am Flughafen absolvieren. Vom kleinen Taschengeld, das man für diese Tätigkeit bekam, kauften wir uns die neusten Ausgaben der Raumfahrzeitschriften und verschlangen diese in kürzester Zeit. Weitere Jahre später gelang es mir, eine Anstellung als Testpilot zu erhalten. Am Anfang musste ich als Copilot unzählige Stunden absolvieren, bis ich schließlich allein fliegen durfte. Dann erarbeitete ich mir einen Stammplatz als Jetpilot. Mein Ziel war jedoch nicht das Fliegen der mittlerweile zur Verfügung stehenden Düsenflugzeuge, ich wollte weiter, höher hinaus, ich wollte ins Weltall. Die technische Entwicklung ging rasend schnell, noch vor wenigen Jahren war ausschließlich mit Propellermaschinen geflogen worden. Nun saß ich in Düsenjets und wir arbeiteten fieberhaft an den ersten Überschallflugzeugen.

Suraja und ich, wir waren immer noch ein Paar und unzertrennlich, verliebt wie am ersten Tag unserer Begegnung beim Abhören der Außerirdischen, seit jenem Abend, an dem ich das erste Mal in meinem Leben das Leuchten dieser Augen sehen durfte. Wir beschlossen, eine Familie zu gründen, unser großer Wunsch nach Kindern ging schon bald in Erfüllung.

Suraja kündigte ihre Anstellung und kümmerte sich liebevoll und mit Hingabe um die neue Familie und das Heim.
Unsere Jungs, Rouven und Jérôme, waren unser ganzer Stolz.

Suraja hatte an der Südseite unseres kleinen Hauses einen Fliederbusch gesetzt; das Erstaunliche daran war, dass er zeitgleich lila und weiß blühte. Er schien sich an diesem Platz wohl zu fühlen und wuchs in einer rasenden Geschwindigkeit, man konnte ihm förmlich von Jahr zu Jahr zuschauen. Heute glaube ich, dass dieser Busch mit seinen Farben und Düften auch ein wenig prahlen und angeben wollte. Ich denke, es stand ihm in seiner Schönheit auch zu, stolz zu sein. Damals verstand ich noch nicht, was das Besondere an diesem Busch, an den anderen Pflanzen und allen Lebensformen war. Klar, ich war angetan und begeistert von den Farben und Düften. Die Botschaft, die hinter alledem steckt, blieb mir jedoch noch jahrelang verborgen.
Suraja hatte eine »grüne« Begabung – selbst vertrocknete, alte und von den Nachbarn weggeworfene Pflanzen nahm sie auf und erweckte sie ohne Mühe zu neuem Leben. Sie redete mit ihnen und es schien, als würde sie sich manches Mal sogar mit ihnen unterhalten. Zierliche Jasmin Sträucher säumten den kleinen Natursteinweg, der an unserer Küche, vorbei am Fliederbusch, in den Garten führte. Verschieden große Sträucher schafften spielerisch-harmonisch den Übergang zum frischen Grün des Rasens.
Ein wahrer Genuss war die vielfältige Farbenschau der hindurch leuchtenden aufgehenden Sonne. Das in

der Morgendämmerung sichtbar heller werdende Grün der Blätter. Der sich zu kleinen Tröpfchen formende Nacht-tau, welcher von den Fliederblüten den Gräsern am Boden Feuchtigkeit schenkte.
Ich werde diese Bild, diese Fülle süßen Duftes nie vergessen. Auch die Erinnerungen daran waren es, die mich in den späteren Jahren der Finsternis am Leben hielten.

Jérôme wurde eingeschult, Rouven war einige Jahre älter und besuchte bereits die Oberschule. Seit dem Tag unserer ersten Begegnung im Garten hinter meinem Elternhaus damals vor vielen Jahren, verliefen unsere Beziehung, unser Leben, meine Karriere, die Gründung der Familie, einfach alles wie von Zauberhand gelenkt. Von meinem Gehalt konnten wir gut leben. Am Stadtrand hatten wir uns ein schönes Häuschen gebaut. Ein neuer Wagen stand vor davor. In den Sommermonaten fuhr ich häufig mit dem Motorrad auf die Arbeit. Zweimal im Jahr leisteten wir uns einen ausgiebigen Urlaub. Suraja arbeitete mittlerweile ehrenamtlich bei der Stadt-verwaltung und half bedürftigen Menschen. Wir hatten viele Freunde und genossen ein gewisses Ansehen in unserer Umgebung. Wir waren fleißig und der Erfolg war auf unserer Seite. Schöner konnte man es sich nicht vorstellen. Einmal im Monat gingen wir zu einem Konzert oder ins Theater. Suraja hatte die Karten immer schon im Voraus gekauft, damit ich auch mitging. Sonntags besuchten wir mit den Kindern den Gottesdienst und wurden anschließend von den Eltern zum Mittagessen eingeladen. Eigentlich war alles perfekt.

Es geschah an einem Samstagmorgen, ich stand in der Garageneinfahrt und half gerade, die Einkäufe auszuladen. Ein Hauch von Flieder und Jasmin zog durch die geöffnete Garagentür vom Garten zu mir herüber und hüllte mich ein, als umschwärmten Bienen meinen Geist. Ich drehte mich um, ließ die Einkaufstüten stehen und ging auf die Straße. Wie in einem Traum bewegte ich mich und um mich herum versank alles in Schweigen.

Den wenigen vorbeifahrenden Autos widmete ich keinerlei Aufmerksamkeit. Das Winken eines Freundes bemerkte ich kaum. Da stand ich nun. Ich konnte mich selbst beobachten.

Ich stand an der imaginären Haltestelle mit dem Ziel: **Weltraum.** Und da fiel es mir wieder ein. Fast hatte ich meinen größten Traum vergessen. Suraja beobachtete mich vom Fenster aus, sie rief nicht, sie unternahm nichts, ließ mich nicht spüren, dass mein Verhalten eigenartig war. Wahrscheinlich fand sie es auch nicht seltsam, waren wir auch ohne große Worte oftmals in unseren Gedanken verbunden.

Ich war mir sicher, bald sollte mich diese Nachricht erreichen, auf die ich schon seit meiner frühesten Kindheit wartete. Man darf seine Träume nie aufgeben. Eine Stunde, vielleicht auch etwas mehr, verging, als ein großer, weißer Wagen vorfuhr. Verwundert registrierte der Fahrer, der mir auch irgendwie bekannt vorkam, dass ich offensichtlich auf ihn und seine Nachricht gewartet hatte.

»Ein Brief für Sie, bitte bestätigen Sie mir den Empfang.« In Trance kritzelte ich irgendeinen Namen und riss den Umschlag an mich. Diesen an meine Brust gedrückt, blieb ich noch eine Weile so stehen, drehte mich zögernd um, ging ins Haus, setzte mich an den Küchentisch und legte den Umschlag vor mich hin. Als Suraja den Umschlag und mich sah, kamen ihr die Tränen. Sie wischte sie schnell weg und fragte mit unterdrückter Stimme, ob ich ihn nicht öffnen wolle. Sie ahnte, was darinstand. Wir hatten oft genug darüber gesprochen, sie wusste, dass ich mich für ein bestimmtes Forschungsprojekt mit Flug ins All beworben hatte. Was sie nicht wusste, und das durfte ich ihr auch nicht erzählen, war, dass ich bereits seit fast zwei Jahren mit zwei anderen Astronauten, Jordi und Raoul, an der Entwicklung einer neuen Raumgleitergeneration beteiligt war. Ich war zwar lediglich der Ersatzmann für den Ersatzmann. Dennoch war ich von Anfang an dabei, denn meine langjährige Erfahrung und meine unzähligen Flüge waren bei der Entwicklung von nicht geringer Bedeutung.

Jordi war 36 Jahre und Raoul gerade erst 30. Jordi war der erste Kapitän und nur für den Fall eines unerwarteten Ausfalls sollte Raoul und danach erst ich zum Zuge kommen. In den letzten Wochen hatte sich aber gezeigt, dass Jordi bei längeren Tests in der Kapsel immer häufiger ein leichtes Unbehagen verspürte. Den Medizinern und Verantwortlichen war es zu riskant Jordi als ersten Mann im Cockpit zu platzieren. Raoul war nachgerückt, sodass man mich gleichberechtigt neben Raoul als möglichen Astronauten auswählte. Die letzte Entscheidung lag natürlich bei der Leitung des Projekts. So geschah es, dass ich trotz meines Alters eine echte Chance auf dieses Abenteuer im All erhielt. Neil Armstrong war damals auch schon 39, als er zum Mond flog. Und

unsere jetzigen Raumgleiter wurden mit dem Ziel entwickelt, auch über viele Jahre hinweg durchs All zu fliegen und ferne Planeten zu erkunden.
Eine ganze Reihe von Experimenten und Tests hatten wir bereits erfolgreich absolviert. Die Raumgleiter verfügten über eigene, sich selbst regenerierende Energieformen. Mithilfe modernster, hochsensiblen Messgeräte, die sich an Bord befanden, sollten die Expansion des Universums, die sich ausdehnenden Zwischenräume der Galaxien und die schwarzen Energielöcher vermessen und erkundet werden. Wir wussten mittlerweile, dass eine unbekannte Kraft für diese Expansion verantwortlich war. Seit einem Jahr wurde nur noch an den Feinabstimmungen der sich ergänzenden Komponenten gearbeitet.

In dem Moment, da der Brief in meinen Händen lag, wusste ich es. Dies war die Benennung zum Astronauten für den Spezialauftrag, auf den sich all mein Tun in den vergangenen Jahren, nein, eigentlich seit ich denken konnte, seit ich mit meinen Spielkameraden die ersten Außerirdischen abgehört hatte, gerichtet hatte. Nun endlich sollte ich also ins All fliegen können.
Viele kleinere, außeratmosphärische Flüge hatte ich bereits absolviert. Hier nun lag aber etwas anderes vor mir auf dem Tisch. Eine neue Dimension schien sich zu eröffnen. Die Bewerbung hatte ich vor über drei Jahren geschrieben. Es war ein gut ausgebildeter Astronaut gesucht worden, der im Alleinflug auf den mittlerweile im Orbit stationierten Raumstationen verschiedene Aufgaben erfüllen und ein sogenanntes Horchrohr etwas weiter draußen im All positionieren sollte. Die neue Generation von Raumschiffen, die

wir testeten, glich den Shuttles der NASA aus den 1990er-Jahren, nur dass unsere größer und deutlich moderner waren. Sie besaßen die Möglichkeit eines Eigenantriebs und bei Bedarf ausfahrbare Tragflächen, Seiten- und Höhenruder und waren alles in allem eigenständige Flieger mit enormem Potenzial.

Um die Erdatmosphäre zu verlassen, benötigten auch wir gängige Treibstoffe. Zusätzlich zum herkömmlichen Verbrennungs- Antriebssystem verfügten die Gleiter aber über eine neue, jedoch noch nicht ganz ausgetestete Neutrinopower-Antriebstechnik. Aufgrund der hohen Zuladung von Ersatzteilen, die auf dem Rundflug bei den einzelnen Satelliten eingebaut werden sollten, verzichtete man auf einen zweiten Piloten. Die Technik für solche Alleinflüge war schließlich weit genug fortgeschritten. Auch die Versorgung mit Lebensmitteln, Wasser und allem Erforderlichem war so ausgereift, dass man viele Jahre hätten bleiben können. Hatte man die Erdanziehungskraft erst einmal überwunden, sammelte eine Antenne die im All vorhandenen energietragenden Sonnenteilchen ein und setzte sie mithilfe der neuen Technologie in höchst effektive Antriebsenergie um. Nach jahrelanger Forschung sollte erstmals dieser Neutrinopower-Antrieb testweise zum Einsatz kommen.
Vereinfacht gesagt, handelte es sich dabei um eine verbindungsfreie Energieübertragung, die die vorhandene Geschwindigkeit pulsierend in neue Antriebsenergie umwandelte, um dann im nächsten Schubsegment die erreichte Geschwindigkeit zu verdoppeln. Rein rechnerisch wären künftig Geschwindigkeiten von 500 Kilometern und mehr in

der Sekunde möglich. Bis dahin lagen jedoch noch Jahre der Forschung und Entwicklung vor den Technikern. Auf diesem Flug wurde erstmals ein Prototyp unter realen Bedingungen im All getestet. Leitungen, Steck- oder gar Kabelverbindungen gehörten der Vergangenheit an. Das hochgesteckte Ziel war, auch ohne herkömmliche Treibstoffe und Auftanksysteme gigantische Strecken zurückzulegen.

Wesentlicher Teil meiner Mission war es, eine Art »Sonnensegel« an der Raumstation **RAS I** zu installieren. **RAS I** war vor einem Jahr ins All geschossen worden und sollte nach Installation der neuen Technologie imstande sein, Satelliten mit ungeheuren Mengen an Neutrino-power-Energie zu versorgen. Sollte sich diese Technik bewähren, würde dies auch auf der Erde ungeahnte Einsatzmöglichkeiten bringen.

Weil die Expedition der höchsten Geheimhaltungs- und Sicherheitsstufe unterlag, durfte auch Suraja von meiner weiteren Aufgabe nichts wissen. Es ging um ein Horch-teleskop, das simultan diverse Frequenzen zwischen 0,01 und 580 Gigahertz abdeckte. Es war in der Lage, Signale von etwaigen Lebenszeichen auch aus 1000 Lichtjahren entfernten Galaxien zu empfangen. Diese »Licht-Archäologie« sollte das Echo des Urknalls und die dunkle Materie vermessen, von der wir überzeugt waren, dass von ihr diese unbekannte Kraft mit einer enormen Hintergrundstrahlung ausging. Spaßeshalber nannten wir diese Technik »Alien-Scanner«. Mit den Geräten konnten wir die Verteilung des Wasserstoffs im Universum und die Magnetfelder der Galaxien durchforsten und vermessen und die Geburt kurzlebiger Riesensonnen in den Galaxien feststellen. Die Sonde war ein absolutes Meisterwerk der Ingenieure, diese stellte einen Technischen Quantensprung dar.

Zu meiner Aufgabe gehörte es also, das Teleskop als Horchposten im All zu platzieren. Damit wollten wir nach externer Intelligenz außerhalb unserer Erde Ausschau halten, sofern sie denn vorhanden sei. Allerdings gab es nicht einmal den geringsten Anhaltspunkt für diese Vermutung. Genau das war mein Kindheitstraum gewesen, damals in unserem Garten hinter dem Schuppen meines Elternhauses. Meine Empfangsantennen, mit denen ich bereits als junger Forscher erste Erfahrungen im Abhören von Außerirdischen sammeln konnte, hatten jedoch mit den heutigen wenig gemein. – Es lagen ja auch viele Jahrzehnte der Entwicklung dazwischen, gestand ich mir schmunzelnd ein. Im Übrigen muss natürlich berücksichtigt werden, dass mein damaliger Rest-Etat, nach Abzug der Eiskosten für meine Forscherkollegen und mich, lediglich für einen Kinobesuch gereicht hatte.

»Mach' den Umschlag auf, ich weiß doch ohnehin, dass ich dich nicht halten kann.«
Ich ließ den Brief ungeöffnet auf dem Tisch liegen.
Die Nacht zum Sonntag war eine der liebevollsten und innigsten, die wir seit unserer Hochzeit verleben durften. Wir liebten uns.
Obwohl mich schon seit meiner Kindheit niemand mehr so nannte, schoss mir dieser Name durch den Kopf.

Aus dem kleinen Jungen *Sputnik 13* war ein echter Astronaut geworden, genauso wie ich es mir immer gewünscht hatte.

Nach einem langen Spaziergang um den See und durch den Stadtpark entschloss ich mich, den Umschlag zu öffnen. Suraja hatte kein Wort mehr gesagt, die Kinder waren noch im Garten, ihr Toben und Schreien klang zu uns herein. Einer Zeremonie gleichend, versuchte ich durch Hin- und Herrücken den passenden Sitzplatz auf der Bank zu finden. Der Umschlag lag nun absolut korrekt im rechten Winkel zur Tischkante. Mein Blick ging durch das geöffnete Küchenfenster hinaus zum Fliederbusch. Diesen Blick wollte ich mir einprägen. Flieder und Jasmin, welch ein Anblick, welche Freude. Ich holte tief Luft und füllte meine Lungen und meinen Geist mit dem Duft.

Vorsichtig, fast schon andächtig, schnitt ich die Kante auf.

Dickes, schweres Papier, nur eine Seite kam zum Vorschein.

»Sehr geehrter Herr …«, las ich Suraja vor, »wir freuen uns, Ihnen mitteilen zu dürfen, dass Sie unter der Vielzahl der Bewerber und Testpiloten …«

Meine Stimme erstickte, und ich brachte keinen Ton mehr heraus. Suraja stand neben mir, legte ihre Hand auf meinen Kopf und streichelte mich zärtlich. Es dauerte ein wenig, bis ich mich gefangen hatte. Meine Freude war so groß. Auch Suraja schien sichtlich ergriffen. Sie wusste, was das für mich bedeutete.

»Bitte finden Sie sich am kommenden Montag, den 21., bei Ihrer Basis ein«, las ich weiter vor.

»Der 21., das ist schon morgen!«, platzte es aus Suraja heraus. »Wieso so schnell, warum plötzlich diese Eile?« Sie konnte das nicht verstehen.

»Ich habe auch keine Erklärung, aber die werden schon wissen, was sie machen.«
»Wann wirst du starten?«
»Die letzten intensiven Vorbereitungen dauern immer noch einige Tage. Auch muss das Wetter mitspielen. Aber wir werden uns, wenn ich erst einmal in der Basis bin, bis zu meiner Rückkehr nicht mehr sehen können.«
Es verging eine Weile, bis sie leise sagte:
»Lass uns die Kinder hereinholen, wir müssen es ihnen erklären.«

Auf fast drei Monate war der Flug angesetzt. Die Raumschiffe der neuen Generation waren mittlerweile sehr sicher, ein minimales Restrisiko blieb natürlich wie bei jedem Flug. Während dem Abendessen versuchten wir die Angelegenheit kindgerecht zu erläutern. Der Kleine fand das alles ziemlich aufregend. Unserem Großen war es etwas mulmig zumute. Wir konnten ihre Fragen wenigstens einigermaßen beantworten und ich musste versprechen, beide am nächsten Morgen mit dem Motorrad zur Schule zu fahren. Rouven wünschte sich nach meiner Rückkehr ein Taschenmesser. Jérôme sollte ich, wenn möglich, einen Gesteinsbrocken vom Mond mitbringen.
Als die Kinder endlich schliefen, gingen auch wir zu Bett, ich wollte nochmals alle wichtigen Termine der nächsten Monate besprechen, Dinge, die zu erledigen waren. Wir redeten lange, sehr lange, immer wieder

lagen wir uns in den Armen und streichelten uns zärtlich. Als die Vögel den Morgen begrüßten, hatten wir das Gefühl, uns noch tausend Dinge sagen zu müssen.

»Wie wunderschön, wie freundlich sie den Tag begrüßen, von dem sie nicht wissen, was er bringen mag.« Wir standen Hände haltend wie frisch verliebte Teenager am Fenster und die aufgehende Sonne schickte einen glühenden Strahl durch unsere Herzen.

»Ich packe deine Tasche und wecke die Kinder.«

Nach dem Frühstück, das bis auf wenige Momente wie gewohnt verlief, wollte ich die Jungs wegbringen und dann gleich im Anschluss zu meiner Basis weiterfahren.

Jérôme war zuerst dran. Als er auf meine Maschine stieg, umklammerte er mich mit seinen kleinen Armen so fest, dass ich glaubte, er wolle mich erdrücken. Er wurde mit Staunen und Schulterklopfen von seinen Klassenkameraden auf dem Schulhof begrüßt. Auf der Eingangstreppe drehte er sich noch einmal um und winkte mir wie ein großer Junge zu. Ich erwiderte den Gruß, drehte meine Maschine richtig auf, dass auch alle das Donnern der Kolben hören konnten und brauste davon. Rouven hingegen merkte ich seine Betrübnis an. Beim Absteigen gab er mir einen Kuss und sagte: »Komm' bald wieder, Papa.«

»Mach' ich, verlass' dich drauf!«

Nachdem ich die Kinder abgesetzt hatte, fuhr ich nicht direkt auf dem kürzesten Weg zu meiner Basis, sondern doch noch einmal an unserem Haus vorbei. Noch einmal wollte ich so wie früher vor dem Haus meiner erhofften Liebe anhalten und auf mich aufmerksam machen. Damals stand ich oft ganze Nachmittage vor dem Haus ihrer Eltern und hoffte auf ein Zeichen. An manchen Tagen war ich diese Straße mit meinem Mofa unzählige Male auf und ab gefahren.

Nun nahm ich den Gashebel zurück und rollte fast lautlos auf unser Haus zu. Als ich näherkam, sah ich sie. Suraja stand bereits am offenen Fenster, als wartete sie schon lange auf mich. Meine Gedanken spielten verrückt, ich war mir nicht ganz sicher, in welcher Zeit ich angekommen war, damals oder doch in der heutigen, eine Träne versickerte im Polster meines Helmes. So ein Mädchen … Eine Liebe, die so schnell nicht zu finden ist. Eine Jugendliebe, die ein Leben lang hält.

Ein Freund, der zu einem steht.

Die Hände fest am Lenker starrte ich nach oben und sah Surajas Augen. Darin pochte das Leben, ihr Temperament und ihre Art, sich für Dinge zu begeistern und einzusetzen. Ich erkannte das kleine Mädchen wieder, mit ihrem glasklaren Blick, der mich damals schon fasziniert hatte. Sie steckte die Haare in einer anmutigen Geste hinters Ohr. Ich erinnerte mich noch immer an den Augenblick und hörte den dumpfen Knall ihrer Tasche, als sie sich in der Schule ohne Aufforderung direkt neben mich gesetzt hatte.

Wie lange wir uns anschauten, weiß ich nicht, aber es war wohl eine Ewigkeit, die viel zu schnell verging. Trotz der Vibrationen des Motorrads unter mir, spürte ich meinen heftigen, schnellen Herzschlag. Ich spürte das Hämmern des Kolbens meiner Maschine. Seine Stöße übertrugen sich und ich hatte das Gefühl, als könnte die ganze Siedlung von dieser Energie profitieren.

Beim Einlegen des Gangs schien ein Ruck durch meinen und Surajas Körper zu gehen. Und ein Bild brannte sich in meine Gedanken ein. Es war nicht das Bild, welches ich mit den Augen wahrnahm. Ich sah das Band der puren Liebe und der Freude, das sich zwischen uns knüpfte. Es schwebte von Licht getragen von ihr zu mir. Am Abend, als ich mich in der Basisstation ausruhen konnte, telefonierten wir und die Kinder fragten, wann ich denn wieder nach Hause käme. Dann, nach drei weiteren Tagen, erfuhren wir endlich den Starttermin. Es sollte ein Sonntag sein. Die Vorbereitungen liefen auf Hochtouren und es schien, als würde alles zusammenpassen. Meine Familie würde am Fernseher sitzen, um mich beim Start zu begleiteten, bei meinem Start ins All. Später sollte auch mein Name in die Liste der Raumfahrtpioniere aufgenommen werden. So war es jedenfalls früher mein innigster Wunsch gewesen, wusste ich doch nicht, was mich wirklich da oben erwartete. Ich freute mich schon auf all die Geschichten, die Abenteuer, die ich meinen Kindern und auch später meinen Enkeln von fremden Planeten, von außerirdischen Geschöpfen und fremden Daseinsformen erzählen konnte.

87 Tage waren für den Flug angesetzt.

»Nur 87 Tage«, so versuchte ich Suraja in unserem letzten Telefonat zu beruhigen, »die vergehen so schnell, wie im Fluge sozusagen.« Wir sprachen nur wenig, mussten wir auch nicht, es fand eine andere, tiefere Gedankenübertragung statt. Bevor sie den Kindern den Hörer weitergab, sagte sie: »Ich auch an dich.« Ich wusste, was sie damit meinte. Dann war es vorbei mit der Ruhe, die Kinder quatschten mir ein Loch in den Bauch.

»So, nun gebt mir noch einmal die Mama, lebt wohl und bis bald!«

»Einmal in der Woche können wir telefonieren. Bereite schon mal mein Lieblingsessen vor, ich bringe dir eine Sternschnuppe mit ... Ich liebe dich und werde jeden Tag an dich denken ...« Mit diesen Worten beendeten wir das Gespräch. Langsam und sehr vorsichtig legten wir die Hörer auf. Die geplante Kurzreise konnte losgehen.

Während der Startphase war ich sehr beschäftigt, sodass ich kaum Gelegenheit fand, aus dem Fenster zu schauen. Nur kurz gelang mir ein seitlicher Blick hinunter. Ich sah die Städte und Flüsse unten auf der Erde kleiner wurden. Die Zeit verging in Windeseile, schnell war ich außerhalb unserer Atmosphäre und nach einigen Erdumrundungen widmete ich mich meinen Aufgaben. Der Start der Rakete wurde später als normal und ohne Komplikationen beschrieben.

Nach einigen Tagen, ich war schon sehr weit von meinem Heimatplaneten entfernt, konnte ich an einigen angeflogenen Satelliten ankoppeln und die Routinearbeiten durchführen. Alles verlief nach Plan. Das Ankoppeln und Lösen funktionierte vollautomatisch und jedes Mal ohne Probleme.

Ich flog weiter hinaus in den Weltraum, um auch die entfernten Satelliten und unbemannten Stationen zu erreichen. Hier waren, wie vorhergesehen, größere Aufenthalte nötig. Es mussten einige Teile ausgetauscht und repariert werden. Die genauen Anleitungen zu außerplanmäßigen Arbeiten erhielt ich über Funk.

Auch mussten neue Rechner an der Raumstation **Sicus 4** angebracht und mit den vorhandenen Modulen konfiguriert werden. Allein hierfür waren sieben sogenannte Allspaziergänge geplant. Diese hatten jedoch mit terrestrischen Spaziergängen nichts gemein. Ganz im Gegenteil: Sie waren nicht nur hochriskant, sondern auch sehr anstrengend. Maximal ein solcher Ausstieg war pro Tag genehmigt. An **Sicus 4** sollte zusätzlich ein Empfangsmodul des Alien-Scanners installiert werden. Insgesamt waren es zwei Hauptteile, die angebracht werden mussten. Ein weiteres Empfangselement sollte auf dem Rückflug zur Erde an einer erdnahen Raumstation angebaut werden. Diese Anlage musste allerdings noch aufgerüstet, mit einigen Modulen erweitert und dann zur Funktionsfähigkeit ausgefahren werden. Die Feinjustierung sollte automatisch erfolgen. Nur kurze Zeit nach der Inbetriebnahme sollte das Senden und Empfangen der Daten beginnen, so jedenfalls der Plan. Die Daten sollten dann auf einem Zwischenrechner an Bord abgelegt und gebündelt an die Erdstation gesendet werden.

Nach neun Tagen intensivster Bemühungen war der Horchposten im Weltall installiert, um jene fernen Galaxien anzufunken auf der Suche nach anderem Leben. Auch wurden die von der Antenne abgegebenen Signale in alle uns zur Verfügung stehenden Sprachen und Zeichen gesetzt. Es wurden digitalisierte Bilder der Erde, von Blumen, Bäumen und Tieren gesendet. Wir schickten klassische Musik mit auf die Reise und eine Begrüßung an die Anführer der extraterrestrischen Mächte. Die Menschen der Erde wollten sich dem Weltall als freundliche, friedliebende Wesen präsentieren.

Nicht nur bei mir, auch in der Bodenstation stieg im Lauf der Zeit die Spannung auf die ersten Ergebnisse, wir konnten es kaum erwarten.

»Habt ihr schon was?«

»Nein, absolute Funkstille.«

»Eigentlich müssten aber die ersten Signale bei euch angekommen sein.«

»Bis jetzt nichts!«

Wir lauschten.

Die wenigen Minuten des bangen Hoffens fühlten sich wie Tage an, sollten diese doch für die gesamte Menschheit ein Schritt in die Zukunft sein.

Dann brach es über meine Kopfhörer herein. Zunächst hörte ich Jubeln und Klatschen. Wenig später das nüchterne »Hier Bodenstation, Empfang klar« und »Gratuliere! Alles okay«.

Alles funktionierte reibungslos, sodass nur noch wenige Tage zur Kontrolle bleiben sollten. Ein bedeutender Teil meines Auftrags war somit erfolgreich abgeschlossen. Über den Bordcomputer erhielt ich die ersten Glückwünsche. An diesem Abend sprach ich mit Suraja und den Kindern, wir konnten uns nur über belanglose Dinge unterhalten, schließlich hörte die Bodenstation mit – und vielleicht sogar schon einige Außerirdische. Wie all die anderen Male zuvor beendeten wir unser Gespräch mit den Worten »Ich auch an dich.«

Mittlerweile war ich 3.275.000 Kilometer von der Erde entfernt, die Funkverbindung schien mir oft deutlich besser als manche Verbindung zu Hause.

Der Unfall

Ich war schon auf dem Heimweg. Nur noch an der Raumstation die neuartigen Energiesegel und das zweite Empfangsmodul des Alien-Scanners setzen, dann wären meine Arbeiten hier draußen erledigt. Die Raumstation war bereits in Sichtweite, die Funkverbindung gut und die Bordmannschaft erwartete mich. Als ich mit meinem Shuttle ganz nah war, fuhren die Greifarme aus, hakten wie vorgesehen ein und klammerten mich an der Station fest. Die Mannschaft der Raumstation, zwei Russen, ein Chinese, ein Deutscher und zwei Amerikaner warteten schon lange auf die Ersatzteile. Auch hatte ich Briefe ihrer Familien mit an Bord. Und im Geheimgepäck transportierte ich eine Flasche feinsten Bordeaux-Weins.

Die sechs Astronauten Jusrig, Kasperus, Lang Sin, Schneider, Miller und Brown empfingen mich mit einem leckeren Astronautenabendessen, es war ein heiterer, unbeschwerter Abend. Fast hätte man glauben können, wir säßen mit Freunden bei einer Grillparty zu Hause auf der Terrasse. Der von mir mitgebrachte edle Tropfen erfreute sich besonderer Beliebtheit.

Am frühen Morgen gingen wir mit der nötigen Ernsthaftigkeit die nächsten Herausforderungen an. Danach setzten wir uns wieder freundschaftlich zusammen. Insbesondere die neuartigen Antriebssysteme, an denen Wissenschaftler und Ingenieure seit Jahren arbeiteten, waren Gegenstand des Gesprächs. Da ich dem Forschungskreis angehörte, wusste ich über den Stand bei der Entwicklung des Neutrinopower-Antriebs zu berichten. Im schwerelosen Raum sollte dieser einer zukünftigen Raumschiffgeneration alle 50 Sekunden zu einem doppelten Schubgewinn verhelfen. Bei korrekter Taktung waren damit innerhalb kürzester Zeit unglaubliche, bis dato undenkbare Geschwindigkeiten möglich. Dass mein Raumschiff bereits über dieses Antriebsystem zu Probezwecken verfügte, durfte ich nicht weitergeben.

Wir machten uns daran, den zweiten Teil des Alien-Scanners zu montieren. Nach Tagen der Vorbereitung war es so weit. Am 1. Oktober um 5.10 Uhr mitteleuropäischer Zeit falteten sich die zusätzlichen Empfangsantennen mit ihren Solarsegeln aus. Bis dahin ein perfektes Manöver.

Das »Okay, nächster Schritt« der Bodenstation, die alles genauestens verfolgte, kam über meine Kopfhörer. Die Sonde war auf Kurs, alle Teile passgenau ineinander gesetzt, die Solarelemente nahmen ihre Arbeit auf, nun spielten sich im Innern von **Serus I** eine Vielzahl unendlich oft geprobter Vorgänge ab. Erstmals sollten die Bordcomputer mit externer Sonnenenergie versorgt, alle Elemente automatisch hochgefahren werden.

Die riesigen Segel, wegen ihrer Form auch Muscheln genannt, entfalteten sich und richteten sich in kurzen, schnell aufeinanderfolgenden Bewegungen selbstständig aus. Insgesamt elf dieser mir Karbonfäden beschichteten Schüsseln standen zur Verfügung. Diese sollten nun durch alle Staub- und Gaswolken hindurch die 100 Milliarden Sterne unserer Galaxie nach Hinweisen auf andere Lebensformen absuchen.

In den letzten Tagen vor dem Start hatte mich das vierzigköpfige Team der Bodenstation nur noch den Sternenlauscher genannt. Sternenlauscher, dachte ich, klingt für mich so ähnlich wie steigendes Feuer. Ich dachte an die beeindruckende Konstruktion hinter unserem Haus, damals war ich ein Träumer. Ich hatte vom Flug zu den Sternen geträumt und da war ich nun.
Die Bezeichnung Sternenlauscher gefiel mir, ich war stolz, dass man mich so nannte. Und ein Träumer war ich immer noch.

Nach spätestens acht Minuten und 25 Sekunden sollten die ersten Daten zur Erde ins Kontrollzentrum gesendet werden. Was aber, wenn nichts geschah? Wenn irgendetwas nicht funktionierte? Natürlich gab es eine genau abgestimmte Reihenfolge von Maß-nahmen, die Systeme in einem solchen Fall neu zu starten. So durfte dieses Bravourstück aber einfach nicht enden.

Die Spannung war allgegenwärtig, mir stand der Schweiß auf der Stirn. Auch von der Bodenstation war kein Mucks zu hören. Zunächst glaubten wir an einen Übertragungs-verlust. Wir nahmen noch einige Feinjustierungen vor, bevor ich per Knopfdruck
Serus I vollends in die Obhut der Bordcomputer und der Bodenstation gab. Es war noch immer leise, von der Bodenstation war ebenso wenig zu hören wie von meinen Kollegen in der Raumstation. Jeder saß auf seinem Platz und beobachtete die bis dahin leblos wirkenden Instrumente. Gleich musste es soweit sein, nur noch wenige Augenblicke. Die Russen sahen mich etwas verunsichert an. Ich hingegen drückte

meine Lippen nach vorne und nickte ihnen beruhigend zu. Die künstlich erzeugte Luft in unserer Kapsel schien vor Spannung zu zerreißen. Dann, nach nicht einmal zwei Minuten, brach es über unsere Kopfhörer herein: das Toben, Klatschen und Rufen unten auf der Erde. Dann verringerte sich die Lautstärke und es drang über die Sensorik an mein Ohr:

»Gratuliere, Sternenlauscher, hervorragende Arbeit, wir sind stolz auf das ganze Team und fühlen mit euch.«
Nur kurz reckten wir uns die nach oben zeigenden Daumen zu, die Freude und Erleichterung war uns allen anzusehen. Wir umarmten und beglückwünschten uns.
Für den Abend planten wir nochmals ein kleines Fest zur geglückten Mission – und zum Abschied. Bereits am nächsten Tag sollte ich mich auf den letzten Abschnitt meiner Reise begeben. Die anderen Astronauten wurden erst in zehn Wochen abgelöst. Ich dachte an Suraja. Nur noch wenige Tage. Nach Beendigung dieses Auftrags sollte ich, nun schon auf dem Nachhauseweg, in der Weltraumstation Merkur II ein paar Koppelungssysteme austauschen und einige routinemäßige Experimente in der Stratosphäre durchführen. Dann ging es zu Frau und Kindern nach Hause.
Wir verabschiedeten uns, und ich kletterte im Raumanzug hinüber zu meinem Shuttle. Dort angekommen war es Routine, alle Funktionen auf ihre Zuverlässigkeit zu überprüfen. Keine Auffälligkeiten, alles schien in Ordnung. Die

Funkverbindung zu den Jungs in der Raum- und Bodenstation stand.

»Noch 30 Minuten bis zur Trennung«, ertönte es aus dem Computer. Unterdessen sausten wir, die Station mit meinem angedockten Shuttle, immer noch um die Erde.
Ich nutzte die kleine Pause und konnte seitlich versetzt hinunter blicken. Deutlich waren die unglaublichen Wassermassen der Meere zu sehen. Wenig später erschien der Kontinent Afrika. Er lag da wie ein schlafender Hüne, mit seinen Farben ein Gemälde von unglaublicher Schönheit. Dieser Planet ein Wunder.

Das tiefe Blau der Meere. Die dunkelgrünen Bereiche, abgelöst vom Beige und Braun der Wüsten, das hellere
Grün der Savannen und Steppen. Ich erahnte die Elefanten mit ihrem Nachwuchs in langsamer, ruhiger Gangart hintereinander her trottend auf dem Weg zum nächsten Wasserloch. Giraffen in schnellem Galopp, womöglich auf der Flucht vor einem hungrigen Löwen. Kleine Äffchen in den Baumkronen spielend, sich die Früchte stehlend.
Ich erwischte mich bei dem Gedanken, wie schön es da unten ist. Dieses Land, der ganze Kontinent, nein, dieser Planet ist ein Mysterium, das Ganze ein einziges Wunder, ein Paradies.

Im offenen Jeep durchfuhr ich in Gedanken die staubige Steppe, die aufgewirbelten Sandkörner schlugen mir ins Gesicht, als meine Traumreise durch die etwas unterkühlte Computerstimme »Noch zehn Minuten bis zur Trennung« zerplatzte. Meine Konzentration lag nun wieder hundertprozentig bei den letzten Vorbereitungen.
»Noch fünf Minuten bis zur Trennung.«
»Ja doch.«
»Noch zwei Minuten bis zur Trennung.«
Durch die Bullaugen hatte ich zur Mannschaft der Station einen letzten Blickkontakt. Den Daumen nach oben streckend verabschiedete ich mich von den Kollegen.
Die Russen lachten und salutierten. Die Computerstimme begann rückwärts zu zählen
»Trennung erfolgt in 10, 9, 8, ...«
»Trennung.«

Beim Abdocken von der Weltraumstation, als ich nur noch wenige Tage vom Wiedersehen mit meiner Frau und meinen Kindern entfernt war, haben sich aus bis heute unbekannten Gründen mehrere unkontrollierte Dinge ereignet, die in dieser Variante eigentlich unmöglich waren. Einer der vier Greifarme, die meinen Shuttle mit der Raumstation verankerten, löste sich nicht ordnungsgemäß und das, obwohl alle Techniken als funktions-tüchtig ausgewiesen waren. Durch das automatische Zünden der Lenkdüsen wurde mein Schiff mit einem heftigen Ruck losgerissen. Beim Ausklinken der Greifarme und ruckartigen Auseinanderdriften unserer Gefährte sah ich in die erschrockenen Augen der zurückgeblieben Astronauten. Aus dem freundlichen Zuwinken wurden heftige, schnelle Handzeichen, die aufgeregt auf die Unterseite meines Shuttles deuteten. Ein gewaltiger Schlag mit erheblichem Krachen und Knirschen ging durch das Raumschiff. Die Kontrollinstrumente gaben hell piepsende Töne von sich. Lämpchen und Dioden blinkten hastig. Der Bordcomputer meldete sich mit ruhiger Stimme:
»Leck in der Außenhülle. Leck in der Außenhülle.«
Die Bordbeleuchtung schaltete sich automatisch etwas dunkler. Ruhig und mit antrainierter Gelassenheit checkte ich alle in Frage kommenden Instrumente.
Der Leckscanner für eindringende kosmische Strahlung, die Ausgleichsdüsen, Antennengehäuse, digitalen Horizontabtaster, das Periskop, die Klima- und Druckregulierungsanlagen zeigten keinerlei Funktionsstörung. Alles schien normal. Und doch sprach die ruhige, freundliche Stimme:
»Leck in der Außenhülle. Leck in der Außenhülle.«

»Ja, ist ja gut, ich habe verstanden. Hätte ich auch so gemerkt.«

Mit schneller, aber bestimmter Bewegung betätigte ich mehrere Schalter und Knöpfe. Ich suchte rasch nach den möglichen Ursachen für dieses Rucken. Um das Eindringen von Gasen oder das Entweichen von Sauerstoff zu vermeiden, verriegelte ich vorsorglich einige Bereiche. Ohnehin übernahm in solchen und ähnlichen Ausnahmefällen der Bordcomputer viele der ansonsten manuell durchzuführenden Aktionen.

Keines meiner Instrumente zeigte irgendeine Besonderheit. Abgesehen vom Schlag, der durch mein Raumschiff gegangen war und der freundlichen Computer-stimme, schien alles in Ordnung. Keinerlei Auffälligkeiten. Ich war jetzt schon weit von der Raumstation entfernt.

Ich schaltete den Autopiloten ein und bewegte mit dem Joystick die Außenkameras, um etwaige Unregelmäßigkeiten an der Oberfläche des Shuttles zu erkennen, sie zeigten jedoch nichts Ungewöhnliches. Allerdings konnte ich mit diesen Kameras auch nicht alle Bereiche kontrollieren. Das Blinken mehrerer Leuchtanzeigen an der rechten Seite meines Cockpits bestätigte jedoch meine Befürchtungen. Tatsächlich war ein Stück des Greifarms mitsamt seinen Halterungen herausgerissen worden. Wie groß der Schaden und ob damit eine Beschädigung des Hitzeschilds verbunden war, wusste ich nicht. Der Shuttle war aber auch für die schwierigsten Lagen entwickelt worden, beruhigte ich mich. Nicht umsonst bezeichneten die Ingenieure dieses Schiff als das ausgereifteste einer neuen

Generation, das auch ohne Astronaut viele Jahre seine Dienste im All verrichten konnte.

Für alle Eventualitäten gab es Notmaßnahmen. Automatisch wurde der beschädigte Teil hermetisch abgeriegelt und von der Versorgung des übrigen Raumschiffs getrennt. Und tatsächlich, nur wenig später kam die Bestätigung:

»Leckbereich abgekoppelt. Alles unter Kontrolle.«

Zeitgleich mit dem Greifarm war auch die Funkverbindung zur Station abgerissen, was sich als ein sehr viel größeres Problem erwies. Auch von der Bodenstation konnte ich nur noch ein kratziges Rauschen empfangen. Viel später erinnerte ich mich, ein ähnliches Geräusch schon einmal gehört zu haben, damals in unserem Garten beim Empfang der Außerirdischen.

Meine Kapsel entfernte sich immer rascher von der Station. Das All flog vorbei und schon war die eben erst verlassene Station nur noch ein schwacher Punkt. Ich traute meinen Augen nicht: Die orangefarbene Speed-Anzeige schrieb 210 Mach. Zunächst glaubte ich an eine weitere Funktionsstörung, als mein Shuttle immer mehr beschleunigte. Der dadurch entstandene Schub presste mich fest in meinen Sitz.

Dass mein Raumschiff auch zu Testzwecken für die neuen Antriebssysteme entwickelt worden war, wusste ich, aber nicht, dass sie sich unkontrolliert in das bestehende Antriebssystem einklinken konnten. Ich erreichte eine unbegreifliche Geschwindigkeit. Die Speed-Anzeige zeigte mittlerweile 640 Mach. Und alle 50 Sekunden erhöhte sich die Geschwindigkeit.

Bestimmt eine Störung, das ist unmöglich, versuchte ich mich gedanklich zu beruhigen.

Unmöglich, so schnell zu fliegen.

Doch wenn ich den Blick von meinen Armaturen hob, hinaus durch das Fenster ins All, zog alles so schnell an mir vorbei wie damals bei der Computersimulation in unserer Basis.

Wenn ich alles getestet habe und die Funktionen unter Kontrolle sind, werde ich die Geschwindigkeit drosseln und die nötigen Kurskorrekturen vornehmen, nahm ich mir vor. Denn was mich noch viel mehr beunruhigte als die wahnsinnige Geschwindigkeit war die Richtung, in die ich mich bewegte. Entgegengesetzt zur Erde. Leicht beängstigend empfand ich zudem, dass sich der Autopilot nicht abschalten ließ.

Die Verbindung zur Bodenstation war trotz intensiver Bemühungen auch nicht mehr herzustellen. Diese Funkverbindung war allerdings von existenzieller Bedeutung, denn über sie konnte das Raumschiff auch ohne mein Zutun oder beim Ausfall gewisser Funktionen von der Erde aus gesteuert werden. Vielleicht waren beim Abdocken die Empfangsmodule beschädigt worden? Was ich zu diesem Zeitpunkt noch nicht wusste und erst viel später bei einem der ersten Außenkontrollgänge feststellte: Ein ganzer Bereich, hinter dem die Kommunikationsrechner untergebracht waren, war aus dem Unterboden gerissen worden. Bei weiterer Überprüfung stellte ich jedoch fest, dass alle überlebenssichernden Aggregate unbeschädigt waren.

Über die Schulter erhaschte ich einen Blick aus dem Seitenfenster. Von der Station war nichts mehr zu sehen, die Erde selbst ein kleiner, sehr kleiner Punkt in großer Entfernung.

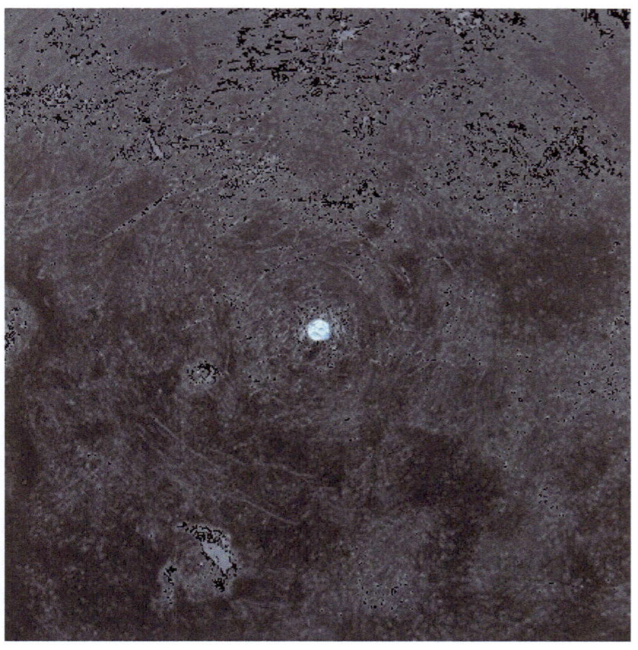

Um Gottes Willen, wie weit bin ich denn schon weg? Eigentlich wollte ich in den nächsten Tagen mit Suraja mein Lieblingsessen teilen, mit den Kindern toben, ich wollte ...

Es dauerte nicht lange und der kleine blaue Punkt sollte für lange Zeit im Nichts verschwinden. Die weitere pulsierende Beschleunigung meines Shuttles konnte ich schließlich stoppen, an Kurskorrekturen war allerdings bei diesem Tempo nicht zu denken. Immer weiter entfernte ich mich von der Erde, von der einzigen Erde, von dem einzigen mir lebensermöglichenden Planeten, von meiner Heimat. Die Zeit verging und ich war pausenlos mit Reparaturen und Tests beschäftigt.

Die ersten Tage und Wochen im All glaubte ich noch an eine baldige Rückkehr zur Erde. Nach unzähligen Versuchen und kleineren Verbesserungen, die ich selbst ausführen konnte, hatte ich wenigsten größtenteils die Speed- Kontrolle im Griff. Jetzt war ich sogar in der Lage, die Geschwindigkeit wenigstes einigermaßen zu regulieren.
Womit ich auch Monate später noch Schwierigkeiten hatte, war die Lenkfähigkeit. Manchmal gelang es, die Lenkraketen zu aktivieren, sodass ich wenigstens kleinere Kurskorrekturen vornehmen konnte. Von meinem Ziel, zur Erde zurückzufliegen, war ich aber himmelweit entfernt.
Es verging kein Tag, an dem ich nicht an Suraja und die Kinder dachte. Ich war allein, es gab niemanden außer mir hier draußen. Seit dem Abriss meines Shuttles von der Raumstation war es mir nicht gelungen, einen Funkkontakt herzustellen. Nach Monaten der Einsamkeit hätte ich mich sogar über einen Kontakt mit fremden Wesen gefreut.
Weil ich mich so allein fühlte, fing ich bald an, laut zu sprechen, um mir das Gefühl zu geben, da wäre noch jemand oder etwas. Zunächst waren es nur Fragen und Antworten auf meine eigenen Gedanken, dann wurden längere Selbstgespräche daraus, und schließlich begann ich auch, zu Gott zu sprechen. In diesen immer in-tensiveren Zwiegesprächen erzählte

und berichtete ich aus meinem Leben. Anfangs waren es nur wenige Minuten, später redete ich stundenlang. Ich stellte Fragen und bat um die Rückkehr zu meiner Familie. Ich erinnerte mich an ein Gebet, das meine Oma Lina mit uns immer gesprochen hatte, als wir noch sehr klein waren. Genau wie damals faltete ich die Hände und sprach zu Ihm. Ich schämte mich nicht und selbst wenn es mir am Anfang seltsam vorkam, mit jemandem zu reden, der nicht da war, hören konnte mich sowieso niemand.

Manchmal hatte ich dennoch das Gefühl, als würde mir jemand zuhören. An anderen Tagen hasste ich Ihn und verweigerte jede weitere Kommunikation. Dann schrie ich und weinte, tobte und schlug mir die Fäuste wund.

Dann wieder schwieg ich, ruhig nach innen gekehrt hoffte ich auf eine Antwort, einen Wink, irgendein Zeichen von Ihm. Allmählich verstand ich jedoch die Art, mit Ihm zu reden.

Manchmal, wenn ich um einen Rat gebeten hatte, glaubte ich einige Tage später, die Antwort gefunden zu haben. Ich weiß nicht, ob es mein logisches Denken, meine Ausbildung, mein Einfallsreichtum oder Er waren, was mich weiterbrachte.

Jedenfalls schien mir Gott ein wenig näher und das war besser für mich als zu glauben, dass ich ganz allein war. Mit der Zeit stellte ich Ihm nur noch Fragen, die nicht sofort beantwortet werden sollten.

In der restlichen Zeit erzählte ich einfach von meinem Leben auf der Erde, wie erfüllend es sei, einen Menschen wie Suraja gefunden zu haben, mit dem man seine Zeit so gern verbringt. Von meinen Kindern, Freunden und von allen wichtigen und auch fantastischen Dingen. Ich hatte ja Zeit, Zeit im Überfluss, und mein Gegenüber ver-mittelte nie den Eindruck, Langeweile zu verspüren oder Unlust zuzuhören. Ganz im Gegenteil.

Nach und nach wurde mir klar, dass Er in meinen Erzählungen nie oder nur beiläufig vorkam.

Seltsam, dachte ich, als Kind ist Gott überall, im Elternhaus, bei Veranstaltungen, im Kindergarten, in der Schule, im Garten, in den Tieren und Pflanzen. Er ist einfach da, überall, allgegenwärtig.

Allgegenwärtig. Allgegenwärtig. Tagelang sagte ich mir dieses Wort vor, bis ich begann, seinen Sinn zu überdenken und vielleicht zu verstehen. Gott verschwindet doch nicht einfach, nur weil man älter wird. Er war immer da bei mir, nur ich wollte Ihn nicht immer sehen. Ich hatte Ihn vergessen, einfach nicht an Ihn gedacht. So, und nicht andersherum war es. Die früheren Gebete zu Gott, jene Stunde am Sonntag beim Gottesdienst, wurden vom Alltag überlagert und der Glaube verblasste im Tagesablauf.

Es ist doch nur eine Frage der Zeit, bis ich heimfinden kann zur Erde, dachte ich am Anfang. Nach und nach legte ich in meinen Gebeten mein Leben und das Leben aller mir wichtigen Menschen in Gottes Hand, ich begab mich vollends in seine Obhut. Je mehr ich mich zu Ihm hinwandte, umso sicherer wurde ich.

»Bleib ganz ruhig«, hörte ich mich immer wieder sagen, »mir kann nichts geschehen.«

Bei manchem Gebet flossen die Tränen. Gelegentlich überfielen mich Gleichgültigkeit, Lethargie und tiefe Trauer. Insgesamt wurde ich stiller. Ich fügte mich in mein Schicksal und war mir gewiss, dass ich diese Reise machen musste, um Ihn wieder zu finden und zu Ihm zurückzukommen. Ich flog und flog.

Von meinem fliegenden Aussichtsposten konnte ich Verdichtungen von Nebel und Staubwolken erkennen, den Ursprung von Sternen beobachten. In der Ferne wurden mit gewaltigen Explosionen Galaxien geboren, Himmelskörper verschwanden, erloschen mit einem Mal für immer.

Nun war ich schon seit einer halben Ewigkeit mit meinem Shuttle im All unterwegs. Ich hatte einen unendlich weiten Blick ins Universum, doch das mir so Vertraute konnte ich nicht finden. Mit der Zeit wurden meine Wünsche, ja fast flehenden Hoffnungen immer mehr enttäuscht. Nichts von der Erde war zu erkennen. Nichts außer Kälte, leblosen Klumpen von Materie, Planeten, die nicht leuchteten, die kein Leben in sich bargen, kalt und tödlich zugleich. So wechselte meine Faszination für das Weltall zu kalter Ablehnung.

Immer, wenn ich glaubte, etwas Besonderes an einem entfernten Trabanten erkannt zu haben, näherte ich mich ihm voller Hoffnung und Freude. Doch wieder und wieder irrte mein Auge, irrte meine Sehnsucht. Wieder und wieder erwies sich das Gesehene als bloße Spiegelung meiner suchenden Gedanken im kalten leeren Raum der Endlosigkeit. Und so verging die Zeit, vergingen die Monate und Jahre. Was ist ein Monat, wenn Zeit fließt wie ein Band, wie ein Meer, das gegen meine Raumkapsel brandet? Was bedeutet ein Menschenleben, was bedeutet irdische Zeit für die Unendlichkeit, in der kein Atem, kein Herzschlag je einen Rhythmus formt?

Immer stärker wurde mir bewusst, dass ich diesen einzigen von mir ersehnten Planeten niemals wiederfinden würde. Mit der Entfernung von der Erde wuchs meine brennende Sehnsucht nach Suraja, Rouven und Jérôme, nach meinen Freunden und den langweiligen Theaterbesuchen ins schier Unermessliche. Was hatte die Boden-mannschaft wohl alles unternommen, um mich zurückzuholen? Mir war klar, dass spätestens nach einigen Wochen die erfolglose Suche nach meinem Shuttle abgebrochen wurde.

Aus den Regularien der Raumfahrt ging hervor, dass ein verloren gegangenes Raumschiff nach 30 Tagen als zerstört und verschollen galt. Es gab keine Hoffnung, die vermisste Fähre oder in diesem Fall mich, mit meinem Shuttle wiederzufinden. Ich galt also als tot.

Den Kontakt zur Bodenstation habe ich damals beim Abdocken vor etwa fünf oder waren es schon sechs oder sogar sieben Jahren?, verloren, und mit Sicherheit konnten die am Boden meine Flugroute nicht lange mit-verfolgen.

Es war schon einige Male vorgekommen, dass sich ein Raumschiff in den Tiefen des Alls verloren hatte. Es gab keine Möglichkeit, Kontakt aufzunehmen. So war ich also allein mit meinen Gedanken und Erinnerungen und Träumen.

Das Gebet

Tage und Nächte glichen sich hier im Nichts. Ich betete zu Gott und meine Gedanken waren bei Suraja. Nach und nach glaubte ich, sie nie mehr wiederzusehen. In meinen Gebeten zu Gott erschienen Bilder meiner Frau. Ich schloss die Augen und sah, wie sie in der Küche vor dem Schrank stand, auf dem sie eines meiner letzten Fotos gestellt hatte. Die schwarze Schleppe, die ihr von der Raumfahrtbehörde mit der Beileidskarte überreicht wor-den war, hat sie in die unterste Schublade gelegt. Ein hellblaues Band war um mein Bild geschlungen. Ich lachte sie an und sie erwiderte dieses Lächeln mit einem Kuss. »Ich glaub' an dich!«, hörte ich sie sagen. Ihre Stimme war ruhig, traurig und sehnsüchtig zugleich. Neben meinem Bild stand ein kleiner Klappaltar. Auf dem Fensterbrett wurde jeden Abend eine dicke Kerze angezündet.
»Damit du den Weg zu uns findest, sagen die Kinder.« Und ich hörte sie das gleiche Gebet sprechen, das Oma Lina mit uns Kindern einst betete.
»Und immer, wenn du denkst, es geht nicht mehr, kommt von irgendwo ein Lichtlein her.«

Das Überleben im Raumschiff war nicht das Problem, hierfür war in dieser Generation der Schiffe Vorsorge getroffen. Die zahlreiche Nahrung in Form von Tabletten und das erforderliche Trinkwasser, das durch ein kompliziertes Verfahren auf Kleinstmengen komprimiert war, standen für viele Jahre zur Verfügung. Auch waren Geräte an Bord, die Feuchtigkeit aus dem All zu Trinkwasser aufbereiten konnten. Schließlich sollten ja alle diese Dinge auf meiner Reise getestet werden. Dass daraus ein solch realer Langzeittest wurde, hatte niemand voraussehen können.

Trotz meiner neu entdeckten Nähe zu Gott wurden im Laufe der Zeit mein Blick und auch mein Herz trüb und schwer. Nach und nach fielen mir die anderen Gebete, Sprüche und trostspendenden Lieder aus meiner Kindheit wieder ein. Jahrzehnte waren sie verschwunden gewesen, mit jedem Tag kamen sie nun klarer als je zuvor zu mir zurück. Ich sah mich an Oma Linas Hand als kleinen Jungen mit kurzen Hosen auf dem Weg zur Kirche. Meine Eltern und meine Geschwister, die herumalberten.

Aus meiner stärker werdenden Verzweiflung stachen meine Worte lautstark und auch wütend hervor.

Von meinem Gebet war nicht mehr allzu viel geblieben. Wieder einmal überkamen mich die Gedanken, dass dies alles keine Mission, sondern einfach nur die Verkettung unglücklicher Zufälle war und diese Reise mit meiner Reise zu Gott nichts zu tun hat.

»Wenn Du mein Hirte bist, warum bin ich dann hier in dieser Einsamkeit, ich verstehe das nicht. Hilf' mir und sende mir die Kraft, meinen Weg zu gehen und die Prüfungen, die du mir auferlegt hast, zu bestehen.«

Ich erhielt keine Antwort.

»Warum sprichst du nicht mit mir? Sag was!«

Nichts. Ich brach in Tränen aus und weinte wie ein kleiner Junge und fand erst nach Stunden wieder Ruhe. »Sag was, oder gibt es Dich doch nicht? Hab' ich mir die Gespräche und Antworten all die Jahre eingebildet?«

Ich war verzweifelt. Und mit jedem Tag, an dem ich keine Antwort erhielt, stieg meine Ungläubigkeit, ich haderte mit mir und meinem Gott. Tagelang versuchte ich einen Kontakt herzustellen. Aber ich erhielt keine Antwort, bis ich dann wutentbrannt und voller Verzweiflung schrie:

»Ich Idiot, unterhalte mich monatelang mit Dir und jetzt, wo ich Dich am meisten brauche, bist du verschwunden, das ist ja wieder typisch. Melde Dich endlich!«

Noch Tage suchte ich den Kontakt, aber allmählich begriff ich, dass ich allein war, ganz allein. Und die Gewissheit völliger Verlassenheit, nichts und niemand mehr um mich zu haben, raubte mir fast den Verstand. Die täglichen Arbeiten beschränkte ich auf das Nötigste. Ich wurde müde, müde der Hoffnung, müde zu überleben, müde zu kämpfen, zu glauben, einfach nur müde. Ich weinte und wenn ich die Kraft dazu aufbrachte, begann mich selbst zu verletzen. Mit den Fäusten schlug ich gegen die Wände und Stützpfeiler, auf dem Boden liegend schlug ich mir die Stirn blutig. Immerhin spürte ich noch etwas.

Meine Wunden an Händen und Armen entzündeten sich, doch es gab für mich keinerlei Notwendigkeit sie zu versorgen. »Ist doch egal, wann und woran ich hier krepiere.«

In dieser Nacht träumte ich von Suraja und den Kindern, wie sie vor mir standen. Suraja streckte mir die Hand entgegen, sie erreichte mich aber nicht, sie wirkte traurig. Mitten in der Nacht schrak ich auf, mein Herz raste, und ich war in kalten Schweiß gebadet, ich setzte mich auf und beschloss, diesem aussichtslosen Wahnsinn ein Ende zu bereiten.

Morgen werde ich alle lebenserhaltenden Funktionen abschalten, ich werde einfach einschlafen und nichts mehr spüren.

Was dann jedoch passierte, sprengte alle Vorstellungen.

Die Umkehr

Mit blutigem Gesicht lag ich auf dem Boden. Nur zögerlich vernahm ich den Schmerz, der durch die schar-en Kanten der Stanzlöcher in den Bodenplatten ausgelöst wurde. Wie im Traum fuhren meine Gedanken Achterbahn, sie spielten verrückt, verschwommen und unwahr zeichneten sich verschiedenste Szenarien meines Freitodes vor meinen Augen ab.

Halb benommen und wieder kurz vor dem Einschlafen hörte ich es. Ein kratzendes Geräusch zerriss die Stille. Klar und erschreckend deutlich meldete sich die Stimme meines Bordcomputers.
»Major, wir empfangen ein Funksignal, möchten Sie die Entschlüsselung aktivieren?« Benommen rief ich zurück:
»Ja, … warum nicht, wird ein Irrläufer sein, ist doch sowieso egal.«
Wenigsten erhalte ich so noch ein wenig Ansprache von meinem Bordcomputer. Später stellte sich heraus, dass die an Bord befindlichen Aufzeichnungsgeräte wahrscheinlich eher zufällig auf das Funksignal einer alten Raumstation gestoßen waren. Ohne große Probleme waren diese Signale von meinem Bordcomputer zu lokalisieren gewesen. Irgendwie kam ich noch einmal zu klarem Verstand und rappelte mich mühsam auf.
»Entschlüsseltes Signal als Text über Lautsprecher«, krächzte die Anweisung. Der Text war jedoch nicht wie erhofft zu entschlüsseln, was rauskam, waren lediglich ein Kratzen und irgendwelche Geräusche.

Aber auch ohne Inhalt war diese Botschaft von großem Nutzen. Ein Funke Hoffnung keimte in mir auf.

Nachdem ich wieder auf meinem Sitz Platz genommen hatte, betätigte ich einige Schalter und kontrollierte die Instrumente. Wenn ich ein Funksignal empfing, konnte das nur ein Zeichen von Leben sein, von Menschen, zumindest technisch gesehen. Von einem Planeten namens Erde war allerdings weit und breit keine Spur. Wäre ja auch ein Wunder. Irrwitzigerweise behauptete mein Bordcomputer in dem Moment, einen Rückflugkurs zur Erde berechnet zu haben. Wachte oder träumte ich? Ich blieb skeptisch, denn schon zu oft waren meine Erwartungen enttäuscht worden. Weitere Tests und Berechnungen folgten, aus meiner anfänglichen Skepsis wuchs stufenweise Zuversicht.
»Also doch, es gibt ein Signal, ich hab es immer gewusst, ich habe Kontakt zu meinem Heimatplaneten aufgenommen.«
Blutverschmierte Tränen rannen über meine Wangen. Was für eine Nacht, dachte ich; dass ich mir gerade das Leben hatte nehmen wollen, erschien mir plötzlich lächerlich und fremd.

Nach einigen Korrekturen an meinem Kurs bestätigten die Anzeigen, dass ich mich wahrhaftig auf dem Weg zur Erde befand. In 73 Tagen würden wir unser Ziel erreichen. In nur 73 Tagen sollte ich meine Heimat und alle Freunde, meine Frau und meine Kinder wiedersehen! 73 Tage, das klingt nach viel, aber was ist das schon gegen die Unendlichkeit, in der ich viele Jahre lang verloren war?

Ich fiel wieder in tiefen Schlaf und erwachte erst einen Tag später, so ausgeruht und mit klarem Kopf wie lange nicht. Seltsamerweise war von meinen Wunden an den Händen und meiner Stirn nichts mehr zu sehn. Wieso das so war, wusste ich nicht, meine Freude war zwischenzeitlich auch so groß, dass ich mich damit nicht beschäftigen wollte. Denn in der kurzen verbleibenden Zeit bis zu meiner eventuellen Rückkehr blieb plötzlich so viel zu tun. Ein Teil von mir konnte es immer noch nicht wahrhaben und neigte zu hysterischen Lachanfällen, immer wenn er den Zeitrechner bis zum Eintritt in die Erdatmosphäre sah.

Tägliches Rasieren und Waschen stand nun auf dem Plan. Das hatte ich seit gefühlten Urzeiten nicht mehr getan und schnitt mich prompt, weil ich über mein Spiegelbild so erschrocken war, dass ich lachend vom Stuhl kippte. Schmutzig und auch teilweise verschlissen war mein Raumanzug. Ich stinke, dachte ich entsetzt und machte mich daran, meinen Körper zu säubern. Wieso hatte ich das nie wahrgenommen? Die offizielle Uniform, die bei meiner Rückkehr angelegt werden sollte, warte seit vielen Jahren unangetastet im untersten Fach meines Schrankes auf diesen Tag. Bald schon werde ich sie mit Freude tragen dürfen. Wer hätte das gedacht?

Dann endlich schickte mir die Außen-Sensorik die so sehnsüchtig erwarteten Daten der Erdatmosphäre auf den Bildschirm. Tatsächlich, da lag sie vor mir. Die Eine.

Nun ging alles sehr schnell. Die Berechnungen der einzelnen Koordinaten, Parameter und des Eintauchwinkels übernahm der Bordcomputer.
In meiner Freude verdrängte ich, dass mir das plötzliche Funktionieren der Elektronik verdächtig hätte vorkommen müssen.
»Bin eben ein Glückspilz.«
Ich war sicher, dass es nun nichts mehr gab, was schiefgehen konnte.
Der Anflug verlief bilderbuchmäßig. Mein Bordcomputer versuchte freilich immer noch vergeblich, Kontakt mit der Bodenstation aufzunehmen:
»Major, ich kann niemand erreichen.«
»Versuchen wir es weiter. Die werden Augen machen, wenn wir wie aus dem Nichts auftauchen.

Hoffentlich glauben sie nicht an kleine grüne Männchen aus dem All«, scherzte ich.
»Mit uns rechnet natürlich niemand mehr.«

Nur noch wenige Stunden, und wir werden uns überglücklich in den Armen liegen. Keiner wird dieses Wiedersehen je vergessen. Suraja werde ich an mein Herz drücken und meinen Jungs, die inzwischen groß sind, kann ich eine einmalige Geschichte erzählen. Wir werden uns lieben und nie mehr aus den Augen verlieren.
Ich begann zu spinnen.
Unzählige Orden und Auszeichnungen werden sie mir verleihen. Eine Beförderung ist klare Sache und die Ergebnisse, die ich von meiner Reise mitbringe, werden die Wissenschaftler für Jahre beschäftigen. Man wird mir einen triumphalen Empfang bereiten, im offenen Cabriolet werde ich durch die Straßen fahren. Am Wochenende sitze ich in unserem Garten, genieße den Tee, sehe, wie sich Suraja die Haare hinters Ohr streicht, lausche den Bienen, und der Duft der Blumen geleitet mich in einen angenehmen Schlaf. Ich bin zu Hause, und keine Macht der Welt wird mich je wieder von dort wegbringen.
Das Raumschiff glitt im korrekt berechneten Winkel in einem großen Bogen um die Erde.
»Wir werden, bevor wir landen, in großer Höhe zwei komplette Erdumrundungen fliegen, ich möchte diesen Augenblick genießen.« befahl ich nervös.
»Jawohl, Major, wie Sie wünschen.«
Welch ein Anblick, aus großer Höhe die unten ziehenden Wolkendecken zu sehen! Ein piepsiges Geräusch meldete etwas, und der Bordcomputer

bestätigte, dass sich weitere Flugobjekte in größerer Tiefe befanden.

»Major, exakt 36.400 Meter unter uns fliegen einige Jets.«

»Ah, das ging aber schnell, ein Empfangskomitee zu meiner Begrüßung. Ihr werdet Augen machen, wer euch da besuchen kommt.«

Der Übermut und der Wahnsinn in meiner Stimme war nun selbst für mich nicht mehr zu überhören. Allerdings waren diese herkömmlichen Jets nicht einmal annähernd in der Lage, mein Tempo mitzuhalten. Das war auch nicht verwunderlich, stieß ich doch mit ungeheurer Schnelligkeit herab.

»Was ihr hier seht, ist noch gar nichts. Über meine Geschwindigkeitsrekorde der letzten Jahre werdet ihr nur noch staunen.«

Was mich ein wenig beunruhigte, war die rot leuchtende Anzeige direkt über meinem Kopf und dass wir noch immer keinen Funkkontakt hatten. Ihre Funktion war mir bekannt, so wie alle Systeme an Bord. Aufgrund der Beschädigungen meines Shuttles und der vielen Jahre, die diese Anzeige unbenutzt war, glaubte ich an eine Funktionsstörung. Dennoch war ihre rote Farbe beunruhigend. Ihrer Bestimmung folgend signalisierte sie:

»Flugobjekte mit aktiver nuklearer Bewaffnung.«

Mein Shuttle war wirklich mit allen nur erdenklichen Messinstrumenten ausgestattet. Ich klopfte mit dem Finger auf die Anzeige. »Klemmt, vielleicht auch kaputt.«

Sie blinkte ununterbrochen weiter. Ich überflog in rasanter Geschwindigkeit einen unter mir fliegenden Jet.

»Zu viel der Ehre, ha, und viel zu langsam. Bordcomputer, Geschwindigkeit drosseln!«

»Major, wir sollten einige Messungen durchführen, bevor wir mit dem Sinkflug beginnen.«

»Ja, führ' deine Messungen durch und dann werden wir schon bald landen.«

Immer penetranter drängte sich das rote Blinklicht in den Vordergrund:

»Flugobjekte mit aktiver nuklearer Bewaffnung. Flugobjekte mit aktiver nuklearer Bewaffnung«, erklang es nun auch aus den Lautsprechern. Während meiner Ausbildung war ich mit allen nur erdenklichen Szenarien konfrontiert worden, darunter auch so abwegige Situationen wie diese. Um mich zu vergewissern und weil es auch Vorschrift war, schaltete ich einige Gegenkontrollvorgänge ein.

»Major, die ersten Ergebnisse liegen nun vor.«

Nur Sekunden später wurde auch hier die Vermutung, nein die Befürchtung, bestätigt.

»Flugobjekte mit aktiver nuklearer Bewaffnung.«

»Die scheinen tatsächlich bewaffnet zu sein. Wahrscheinlich eine Übung«, versuchte ich mich zu beruhigen. Allerdings stieg ein Unbehagen in mir auf und ich hatte plötzlich ein ganz mieses Gefühl. Dann hatten wir, nein ich hatte für mich die schlüssigste Erklärung gefunden.

»Klar, die haben nicht mit mir gerechnet und wahrscheinlich im ersten Moment geglaubt, es handele sich um Fremde, vielleicht sogar um außerirdische Angreifer.«

Was mir allerdings überhaupt nicht gefiel und in keinster Weise in diesen Erklärungsstand passte, war, dass die Jets ganz offensichtlich meine Gegenwart nicht im Geringsten beeindruckte, fast hätte man glauben können, man habe uns noch nicht einmal bemerkt.

»Bordcomputer, gibt es mittlerweile eine Funkverbindung zur Erde?«

»Nein, Major, keine Funkverbindung, wir senden seit längerem auf allen Kanälen.«

Einen Moment musste ich überlegen: Waren die Funkanlagen nicht alle ausgefallen? Egal, vielleicht funktionierten sie jetzt wieder.

»Versuchen wir es weiter. Bordcomputer, leg' mir eine Vergrößerung der Flugrouten der unter uns fliegenden Jets auf Bildschirm 3.«

Ich sah alle eingestellten Flugrouten in verschiedenen Farben auf meinem Bildschirm.

»Da muss ein Fehler vorliegen, soweit ich das sehe, rasen die alle aufeinander zu.«

Ein kurzes Flackern und die Bilder auf meinem Monitor erschienen wieder, sehr deutlich jedoch ohne die farbigen Linien.

»Na, hab' ich doch gleich gesagt, wahrscheinlich ein Fehler.« Allerdings waren auch die aufeinander rasenden bunten Punkte verschwunden.

»Major, die Jets sind verschwunden, hierfür gibt es nur eine Erklärung«

»Klar, die sind schon soweit, sich zu entmaterialisieren! Bordcomputer, bitte um Berichterstattung.«

»Major, ihre Vermutung ist nicht korrekt, einige der Jets kollidierten und wurden beim Zusammenstoß zerstört.«

»Wiederhole und überprüfe diese Ergebnisse. Ich bitte um korrekte Resultate.«

»Es besteht kein Zweifel, die Jets sind zerstört und es handelt sich nicht um ein Manöver. Die verbliebenen

Jets beschießen sich gegenseitig mit scharfer Munition.«

»Das gibt es doch nicht, kann man euch nicht ein paar Jahre aus den Augen lassen!«

Fassungslos starrte ich auf den Monitor. Dann konnte ich aus dem unteren Bullauge einen solchen Vorgang mit eigenen Augen sehen. Einer der Jets wurde von einer seitlich ankommenden Rakete getroffen. Mit einem gewaltigen Feuerknall explodierte er und brach auseinander. Erst nach weiteren Explosionen wurde mir mit eiskaltem Schaudern klar, dass es sich hier um keine Übung oder ein Begrüßungskomitee handelte. Instinktiv gab ich Anweisung, den Sinkflug nicht einzuleiten.

»Wir sollten uns zuerst vergewissern, was da genau los ist.«

»Ganz meiner Meinung.«

»Höhe und Speed beibehalten, bitte um Bestätigung dieser Anweisung.«

»Ja verstanden, alles korrekt eingestellt.«

Die Wolkendecke riss auf und ich konnte das Blau des Meeres unter mir erkennen. Aber auch hier stieg an unzähligen Punkten Rauch auf. Bei einigen der größeren Schiffe, die ich in der Tiefe zu erkennen glaubte, handelte es sich wohl um Flugzeugträger. Das konnte ich jedenfalls aus der Höhe erahnen. Auch hier Explosionen und Qualm.

Eine grausige Ahnung stieg in mir empor. Die kämpfenden Düsenjägers waren wohl von diesen Flugzeugträgern aufgestiegen. Wir waren noch immer mit unglaublicher Geschwindigkeit unterwegs, sodass sich das Bild vor mir ständig veränderte.

»Major, ich empfange soeben ein Signal der Flugzeugträger. Kategorie schwarz. Wie sie wissen,
bedeutet es ...«
»Schweig, ich weiß, was das besagt.«
Nun begriff ich, was da unter mir los war, unter mir
tobte eine Seeschlacht der Neuzeit. Weiter vor uns
erahnte ich das Festland, aber auch hier Rauch, Feuer
und Explosionen. Meine digitalen Kameras schickten
mir vergrößerte, gestochen scharfe Bilder auf den
Haupt-monitor. Tatsächlich, es bestand kein Zweifel,
auf der Erde befand sich die Menschheit in einem
Krieg. Durch meinen schnellen Überflug erkannte ich
sein gewaltiges Ausmaß, das ganze Land schien zu
brennen, Explosionen, Zerstörung und Tod, wohin
man schaute.

»Bordcomputer, gibt es irgendwelche Reaktionen von
der Erde?«
»Nein, Major, es scheint, als seien die Menschen so
mit diesem Gefecht beschäftigt, dass man uns noch
nicht einmal registriert hat. Wenn ich mir eine
Bemerkung erlauben dürfte ...«
»Nein, darfst du nicht. Versuch' es auf dem Not-
kanal.«
»Wir benutzen seit Stunden alle Kanäle.«
»Weiter versuchen, das gibt es doch nicht, da flieg'
ich jahrelang durchs All und dann ...?«

In der Ferne erahnte ich dann das Unmögliche, das
bis dahin Undurchführbare, das letzte Tabu. Es war
ein grauenerregendes Schauspiel. Ein aufsteigender
Atompilz war zu sehen, er schien von unglaublicher
Größe, seine Wolken reichten bis zum Himmel.
Augenblicke später, als ich diesen Kontinent

überflogen hatte, tauchte am Horizont eine Gebirgskette auf. Ich traute meinen Augen nicht, aber die Kameras konnten ja nur die Bilder des realen Geschehens unter mir wiedergeben. Erneut explodierte eine Atombombe und schien den ganzen Planeten zu zerreißen. Das rote Licht über mir blinkte ohne Unterlass immer schneller, und über den Lautsprecher wurden meine schlimmsten Befürchtungen bestätigt. Es bestand kein Zweifel mehr.

»Nukleare Verseuchung, nukleare Verseuchung, Major, die Atmosphäre, in der wir uns befinden, ist stark mit Strontium 240, Plutonium C 30 und Cäsium 240 angereichert. Die automatische Nuklearabschirmung wurde aktiviert, wir sollten schnellstens verschwinden.«

»Noch bin ich hier der Kapitän, aber vielleicht hast du ja Recht. Aber ich muss doch zu Suraja und den Kindern!«

Mir war klar, die Menschheit war gerade dabei, sich selbst zu vernichten.

»Major ich konnte eine große Anzahl unterschiedlichster von Funksprüchen der letzten Wochen sammeln und auswerten.«

»Kannst du eine Zusammenfassung in unsere Sprache übersetzen?«

»Natürlich, schon geschehen, möchten Sie diese hören?«

»Ja klar, was denn sonst?«

Ohne weitere Anweisungen abzuwarten, wurden die Signale zu mir in die Kanzel übertragen.

»Hier spricht der Befehlshaber des Nationalen Sicherheitsrates. Bürger dieser Welt, wie Sie alle wissen, leben wir seit einigen Jahren in unruhigen Zeiten. Immer wieder kam es zu feindlichen Über-

griffen auf unschuldige und unbewaffnete Länder.
Trotz intensivsten Bemühungen ist es uns nicht
gelungen, die schwelenden Konflikte friedlich zu
lösen. Gewaltverbrecher greifen uns mit sehr
gefährlichen Waffen an und uns bleibt nur die
Möglichkeit, uns zu verteidigen.«
»Möchten Sie den Rest der Übertragung hören?«,
unterbrach die Bordcomputerstimme.
»Ja, bitte.« Kalter Schweiß rann mir herab.
»Nun ist der Zeitpunkt gekommen, an dem sich der
Mensch selbst vernichten wird. Er scheint erst zu
ruhen, wenn alles zerstört ist und wir alle tot sind. So
bleibt uns nur das Gebet, möge Gott uns beistehen.«

Es dauerte, bis ich begriff, was da geschah, dennoch
konnte und wollte ich es nicht wahrhaben.
»Du bist nur ein Computer, die Menschen sind nicht
so dumm, niemals werden sie sich selbst vernichten.
Ich bestehe darauf, alle Daten noch einmal sorg-
fältigst zu prüfen!«
»Ich gebe nur die aufgefangenen Signale wieder. Die
Menschen haben mich gebaut und programmiert.
Wenn ich hinzufügen darf: Die Radioaktivität nimmt
rasant zu. Bei dieser starken Verseuchung wird es
kein Leben mehr auf diesem Planeten geben.«
»Still, ich muss überlegen.«
Hastig tackerte ich auf meinen Tastaturen und Instru-
menten herum. Dann drückte ich den alles
entscheidenden Knopf.
»Eingabe beendet. Notplan anhand der vorliegenden
Koordinaten berechnen.«
»Schnell«, befahl ich, »ich benötige alle Fakten,
schnell!«

Sekunden später erschienen unzählige Daten über den Zustand der Atmosphäre, des Wassers und der oberen Erdschichten in den von uns überflogenen Gebieten.

Es bestand kein Zweifel, ein Überleben war hier für eine lange Zeit, eine sehr, sehr lange Zeit nicht mehr möglich. Tatsächlich befand sich die gesamte Menschheit in einem nuklearen Krieg.

Diese Szenarien waren früher, als ich noch auf der Erde war, oftmals durchgespielt worden, eine Auseinandersetzung solchen Ausmaßes würde erst enden, wenn sie sich alle gegenseitig ausgelöscht hatten.

»Major, erlauben Sie mir eine Zwischenbemerkung.« Benommen vernahm ich, welch wahnwitziger Vorschlag mir nun unterbreitet wurde.

»Noch haben wir eine ausreichende Höhe und mit der jetzigen Geschwindigkeit könnten wir es schaffen, die Erdanziehungskraft zu überwinden und zurück ins All zu fliegen.« Ungeachtet meiner großen Nervosität und Anspannung fiel mir auf, dass die Computerstimme ebenfalls nervös klang, so als fühlte sie, was da geschah.

»Major, ich habe folgende Wahrscheinlichkeiten geprüft. Selbst wenn sie uns aufspüren, können sie mit ihren Jets nicht bis zu uns aufsteigen, ihre Raketen, die uns gefährlich werden könnten, sind auf Landziele oder schwimmende Ziele gerichtet. Ich habe bereits alle Berechnungen für ein Notprogramm durchgeführt. Möchten Sie dieses Notprogramm jetzt aktivieren?«

»Keine Ahnung, ich muss nachdenken.«

»Wir haben keine Zeit zum Nachdenken«, klang es fordernd über Lautsprecher. »Möchten Sie dieses Notprogramm jetzt aktivieren?«

Mit einem Durchstarten hätte ich also dieser Situation entfliehen können. Ich kann es also schaffen, zu beschleunigen und zurück ins All zu fliegen. Die Ereignisse überschlugen sich ebenso schnell wie meine Gedanken. Es blieb keine Zeit, lange über irgendwelche Folgen oder Alternativen nachzudenken, ich musste handeln, schnell, sofort.
»Notprogramm durchführen, jetzt!«, brüllte ich. »Sofort durchführen. Ich benötige umgehend eine Bestätigung dieser Anweisung«, lautete mein Befehl. »Notprogramm aktiviert.«

Ein heftiger Beschleunigungsschub presste mich in meinen Sitz und nur Augenblicke später schossen wir hinaus ins All, aus dem wir voller Erwartungen gekommen waren. Nur wenige Minuten blieben mir noch, meinen so sehr vermissten Heimatplaneten zu sehen. Meine überschwängliche Freude wurde mit einem Schlag zerfetzt und ich hatte nicht einmal Zeit, darüber nachzudenken. Es ging alles so wahnsinnig schnell und wieder einmal entfernte ich mich von meiner Heimat und war bereits nach kurzer Zeit unerreichbar weit entfernt.
Noch immer unter Schock, verrichtete ich alle anfallenden Handgriffe an Bord, Monate, wenn nicht Jahre würden vergehen, um auch nur annähernd zu begreifen, was da unten gerade geschah. Trauer um die Kinder dieser Welt, die von alledem, von den Kriegen der Erwachsenen nichts wussten, Trauer aber auch um meine Kinder und meine Frau schnürte mir den Hals in fassungslosem Entsetzen zu.
Der offensichtliche Verlust dieses einzigartigen Planeten, der gesamten Tier- und Pflanzenwelt war einfach nicht zu akzeptieren. Außer Frage stand, dass

es sich bei der Auseinandersetzung auf der Erde um den größten und schlimmsten je vorzustellenden Supergau aller Zeiten handelte. Auch Suraja und unsere Kinder, alle Freunde und Bekannten waren tot. »Diese Idioten, diese hirnverbrannten Idioten haben es tatsächlich gemacht, sie waren noch dümmer als zu befürchten stand. Sie haben nicht nur ihre Gegner, sondern sich selbst, alle Lebewesen, die Pflanzen und auch ihre eigene Lebensgrundlage, das Wasser und die fruchtbaren Böden auf diesem Wunderplaneten ein für alle Mal für viele Jahrtausende vernichtet.«

Vielleicht war ich der einzig überlebende Mensch. Wie einmalig unser Himmelskörper und seine Lebensformen im gesamten Universum waren, konnte ich nach den Jahren im All wohl am besten verstehen. Dieser Planet war auserwählt, als Einziger im gesamten Kosmos diese Vielzahl an Kreaturen und Leben hervorzubringen. Nun stand es fest. Hier wird es nie mehr Leben geben. Es mag sein, dass bestimmte Kreaturen auch diesen Supergau überleben konnten, aber wie würde ein Leben, in welcher Form auch immer, auf einem für Jahrtausende verseuchten Planeten aussehen, war es dann noch lebenswert? Nun stellte sich mein Irrflug als eine Reise des einzigen Überlebenden der menschlichen Rasse dar. Wie hatte es bloß so weit kommen können, was war geschehen? Da meldete sich mein Bordcomputer: »Major, ich habe die unterschiedlichsten Berichte der letzten Monate der Menschheit aufgezeichnet, zusammengefasst und analysiert. Möchten Sie mein Resümee hören?«
»Ja«, erwiderte ich mit trauriger Stimme.

»Bereits kurz nach unserem Abflug brachen Weltwirtschaft und Finanzwesen innerhalb weniger Monate mehrmals hintereinander zusammen, ähnlich wie bei den großen Weltwirtschaftskrisen in früherer Zeit. Die Folgen waren jedoch viel gravierender. Das gesamte künstlich hochgeputschte Kapital der Konzerne und der Länder wurde hierbei vernichtet. Was folgte, waren exorbitante Staatsverschuldungen, Rezession und Inflation, die Sozial- und Rentensysteme brachen weltweit in sich zusammen. Anfangs ging es nur um Geld, um Ersparnisse und Renten. Schnell brach aber die Versorgung der Bevölkerung mit Lebensmitteln, Getränken und anderen wichtigen Produkt zusammen. Gierige Energiekonzerne sahen eine gute Gelegenheit, die Preise für Rohöl und Strom zu vervielfachen. Geschäftemacher trieben die Preise für Nahrungsmittel, Medikamente, Kleider rücksichtslos in die Höhe. Aus den anfänglich regionalen Konflikten wurden schnell heftige Streitigkeiten auch über örtliche Gebiete hinaus. Die Folge waren Bürgerkriege, in denen es nur ums Überleben ging. Jeder gegen jeden. Der Stärkere siegte. Hieraus entwickelte sich eine heftige Auseinandersetzung um die Rohstoffe des gesamten Planeten, der ja schon in den letzten Jahrzehnten rücksichtslos als leblose Materie gesehen und ausgebeutet wurde.

Anfangs waren es nur einige kleinere Gruppen, nach und nach wurden auch diese von besser Bewaffneten überfallen und ausgeraubt. Die öffentliche Ordnung brach insbesondere in den Ballungsgebieten zusammen, es herrschte Anarchie. Kleinere Länder wurden eingenommen und besetzt, die Sieger bemächtigten sich der Öl- und Gasvorkommen, schließlich ging es um Acker-land und Wasser, Flüsse, Seen und Quellen. Nun ging es nicht mehr um große Gewinne, um sichere Arbeitsplätze, es ging nicht mehr um Luxus oder Extravaganzen.

Es kam zu einer Auseinandersetzung der direkten Art wie vor Hunderten von Jahren. Nur mit dem Unterschied der modernen Waffensysteme, die eingesetzt werden konnten.

Sie führten einen Krieg um das Lebensnotwendige, um Wasser zum Überleben. So stritt jeder mit jedem. Die Übergriffe wurden immer brutaler und rücksichtsloser und brachten vielen Menschen den Tod. Was mit der Natur und der Erde geschah, kümmerte niemanden.

Einige Gruppen von Menschen hatten bereits seit vielen Jahren versucht, im Einklang mit der Natur zu leben, sie zogen sich seit Langem in die Wälder zurück und versuchen, in Höhlen zu überleben.

Dann rüsteten sich die Weltmächte für einen erneuten Krieg. Drei Jahre bekriegten sich die Nationen untereinander, bis sich herausstellte, dass es in diesem Kampf keine Sieger geben kann. Geld, Macht, Korruption beherrschten das Denken der gesamten, vom Kapital geprägten Welt. Als die ersten Weltmächte ihren Gegnern mit einem atomaren Angriff drohten, entstand ein atomares Wettrüsten ungeahnten Ausmaßes. Bereits ein Jahr später hatte man alle zur Verfügung stehenden Raketen umgerüstet und auf den vermeintlichen Feind gerichtet. Ein Szenario wie in den 1970er-Jahren, als man sich vor dem Dritten Weltkrieg fürchtete. Die menschliche Gesellschaft war zerstritten, sie hatte den Glauben an die Schöpfung und an Gott verloren.

Mit diesem Verlust haben sie alle menschlichen, ethischen und moralischen Werte eingebüßt.«
Für einen Augenblick, den ich nicht richtig wahrnahm, schwieg die Computerstimme.
»Major«, fuhr sie dann fort.
»Erlauben Sie mir eine Zwischenbemerkung?«

Ohne eine Antwort abzuwarten, zu der ich, angesichts dieser Botschaft, ohnehin nicht in der Lage gewesen wäre, erwies sich mein Bordcomputer als eine eigenständig denkende, fast schon Gefühl zeigende Maschine.
»Dieser Krieg war eine schlüssige Folge eures Handelns und Denkens der letzten 2000 Jahre.«
Ungewöhnlich, so dachte sich der Teil meines noch funktionierenden logischen Gehirns, der Bordcomputer analysiert die Daten und spricht mich und die Menschheit auf die Geschehnisse auf der Erde an.
»Wieso hat niemand etwas gesagt? Es musste doch jedem von euch klar sein, wie das enden wird? Wieso habt ihr nicht auf die gehört, die all dies vorhergesehen haben, als es noch Zeit war, die Erde zu retten? Ihr seid doch sonst so schlau, ihr Menschen, ihr baut Maschinen, die zu anderen Planeten fliegen, schickt Astronauten ins All und in eurer einzigen Heimat wart ihr so dumm.«
»Warum sprichst du mich dabei an? Ich war doch die letzten Jahre gar nicht auf der Erde?«, versuchte ich mich zu entschuldigen und hatte das Gefühl, mich vor diesem Computer rechtfertigen zu müssen.
»Es geht doch nicht um die letzten zehn Jahre, es geht um all die vergangenen Jahrzehnte und da habt ihr

alle mitgemacht. Du auch. Es gab doch nur Wohlstand, Konsum und Wachstum.«
Ich konnte nicht widersprechen.

Zögernd begriff ich, in welcher Situation ich mich befand, ich hatte mich zwar gerade in letzter Sekunde retten können, aber was nun, wie sollte es weitergehen, welche Optionen gab es, wohin sollte ich fliegen und welchen Sinn machte ein weiteres Herumirren? Wieder einmal, wie schon so oft in den Jahren der Hoffnungslosigkeit, brach ich zusammen und weinte jämmerlich, ich beweinte meine Frau und meine Kinder, die Freunde und die Erde mit all ihren Bewohnern.
Ein irrwitziger Gedanke schoss mir durch den Kopf: Vor vielen Jahren hatte ich in einer Naturzeitschrift die unglaubliche Zahl von über 500 existierenden Boden-würmern gelesen. Sie waren lebenswichtig für die Gesundheit der Wälder und das gesamte Ökosystem. Damals hatte ich gelacht, wen interessiert das schon?
Jetzt in diesem Augenblick brach es mir das Herz. Ich hatte nie in meinem ganzen Leben ein Einziges dieser winzigen Tierchen kennengelernt und würde es nun auch nicht mehr können. Ich begann zu rufen, zu brüllen, mit einem alles erfüllenden lauten Schrei wollte ich meinen mich zerreißenden Gefühlen Raum geben. Wir waren verloren. Ich hämmerte mit den Fäusten gegen die Bordwände, schrie, bis ich keinen Ton mehr herausbekam. Meine Hände hatte ich mir wund und blutig gebissen und Stunden später brach ich vor Erschöpfung zusammen. Die Wunden an meinen Händen brannten wie Feuer, meine Kehle schmerzte und ich sah kaum aus meinen

geschwollenen Augen. Benommen und mit blutigem Gesicht lag ich am Boden. Dann kroch ich auf allen Vieren durch meinen Shuttle, zog mich an der Armlehne empor und ließ mich völlig kraftlos und entmutigt auf meinen Platz fallen.

Die Lage war aussichtslos, dennoch versuchte ich, mir einen Überblick zu verschaffen über Entfernung, Geschwindigkeit, Energiereserven und so weiter. Doch wozu?
»Bordcomputer«, sprach ich mit leiser Stimme, »Lagebericht.«
»Guten Morgen, Kapitän, geht es Ihnen wieder besser? Sie hatten fürchterliche Albträume und schrien und tobten die ganze Zeit, drei Tage lagen Sie mit Fieber verwahrlost im Laderaum.«
Was? Drei Tage im Laderaum? Zitternd und noch immer benommen versuchte ich das Erlebte zu rekonstruieren. Ich war mir nicht mehr ganz sicher, was real war oder ein Traum. Mir war nicht klar, was geschehen war.

Die Tage vergingen und ich lebte, nein ich vegetierte nur noch vor mich hin. Meine Wunden heilten langsam, mit meiner Stimme schien allmählich mein Verstand und das klares Denken zurückzukehren. Mir fiel auf, dass ich von meinem Computer mit Major und auch mit Kapitän angesprochen wurde. Das schien mir jetzt rätselhaft. Merkwürdig war auch, dass keinerlei Aufzeichnungen über die Geschehnisse dieses Albtraums vorhanden waren. Auch müsste mein Raumschiff nach dem Flug durch die Erdatmosphäre hoch kontaminiert sein, es waren jedoch keinerlei radioaktive Verunreinigungen an der Außenhülle des Shuttles zu messen.

Die Zeit schien still zu stehen. Ich starrte hinaus in All. Wie schön ruhig und friedlich es da draußen ist. Stundenlang starrte ich hinaus. Und die Versuche, etwas zu erblicken, ließen mich erkennen. Ich erkannte – und nach einer Weile begriff ich, was tatsächlich geschehen war und warum ich diese entsetzlichen Dinge hatte erleben müssen. Es war einfach in mir gewesen und wollte raus, ich konnte es nicht steuern, beeinflussen oder gar unterdrücken, es war einfach da gewesen.
Mit den Tränen, die über meine Wangen rannen, schien mir der Sinn des Erlebten immer klarer. Zusammengesackt weinte ich jämmerlich. Zunächst leise und stammelnd, dann aber hörte ich mich deutlicher sagen:
»Es tut mir leid, ich wollte nicht zögern, nicht zweifeln an Deiner Gegenwart, es tut mir leid, bitte verzeih’ mir!
Verzeih’ mir, mein Gott!
Verzeih’ mir!«
Hundert Mal habe ich diese Worte gesprochen, bis ich einschlief und immer noch hörte ich mich sagen:
»Verzeih’ mir, mein Gott!«

Drei Tage herrschte absolute Stille in meiner Kanzel. Drei Tage ohne Essen, ohne Trinken, ohne jeden Lebensfunken, drei Tage, die mir vorkamen wie eine Ewigkeit. Jetzt endlich war ich bereit zu sterben und dabei wollte ich doch für meine Familie um jeden Preis am Leben bleiben.

Ich kniete nieder und versank in einem stundenlangen
Gebet, immer wieder fand ich die gleichen Worte,
»Verzeih' mir!«, immer wieder. Dann, ohne
erkennbaren Grund, ohne das geringste Anzeichen,
ohne Vorankündigung, geordnet und klar, schien mir
eine dunkle, sanfte Stimme zu antworten. Anfangs
glaubte ich an eine Halluzination, aber die Stimme
sprach mit Überzeugungskraft, und ich erkannte ihre
Wahrheit.

»Ich bin dein Hirte, ich salbe dein Haupt mit Öl und
schenke dir voll ein, und du darfst bleiben im meinem
Hause.«

Sofort war ich bei vollem Bewusstsein. Überglücklich erkannte ich: Er hatte mir verziehen. Im
gleichen Moment entstiegen aus meinem Innern eine
Zuversicht, ein Glaube, eine Gewissheit von so
großer Klarheit, dass nie mehr auch nur der Hauch
eines Zweifels aufkommen konnte.

»Deine Situation war in all den Jahren der Einsamkeit
nicht einfach für dich. Du schienst auf dem rechten
Pfand zu wandern, dann aber musste ich feststellen,
dass du dich von mir entferntest und noch nicht so
weit warst, von mir die kostbarste aller Weisheiten zu
erfahren. Du musstest diesen atomaren Albtraum
durchstehen, dich durch die Hölle deiner eigenen
Gedanken, deiner schlimmsten Befürchtungen
wagen, denn nur so fandest du den Weg zurück zu dir
und zu mir. Das Erlebte kommt aus deinem tiefsten
Innern, es waren deine Ängste, die dir diese Bilder
sandten. Und erst durch die tiefe und ehrliche Trauer
um deine Familie, um alle Erdenbewohner hast du

verstanden wie überaus wichtig, wertvoll und kostbar alles noch so Winzige auf deinem Planeten ist. Verstehst du nun? Nur durch diese entdeckte Liebe kannst du dich selbst und die Menschen retten!«

Mein Glaube und meine Zuversicht wuchsen von Tag zu Tag. Die Antworten auf meine Fragen waren nun sehr deutlich. Mir wurden meine Zweifel verziehen. Ich war glücklich und von Liebe und Dankbarkeit getragen im Innen und im Außen. Seit diesem Erlebnis sprach ich nur noch laut und deutlich mit meinem Gott. Meine Fragen und Worte platzten oftmals einfach so aus mir heraus, ohne dass ich mir über ihren Sinn Gedanken gemacht hätte.

»Solltest du je zurückkehren und die Gelegenheit erhalten, mit Menschen oder anderen Geschöpfen reden zu können, wirst du Brücken bauen. Brücken, die uns durch Raum und Zeit führen. Und diese Brücken werden alle Geschöpfe dieses Universums in Ehrfurcht und Dankbarkeit mit der Schöpfung verbinden.«

Der Herzplanet

Der Albtraum des Atomkriegs und der Zerstörung unseres Planeten sollte mir, solange ich denken konnte, in glasklarer Erinnerung bleiben, und ich betete, dass er niemals Realität werden würde.
Nach einigen Wochen kehrte mit den nötigen Routinearbeiten an meinem Raumschiff der Alltag wieder ein und die Zeit verging. Es gab wieder etwas zu tun. Eines der thermonuklearen Energie-empfangsmodule klemmte beim automatischen Abknicken und Einschwenken ein wenig. Wenige Stunden zuvor waren wir durch einen Gesteinsschauer geflogen, wahrscheinlich war das Modul hierbei von einem kleinen Hagelkorn getroffen worden. Also hinein in den Raumanzug und hinaus an die Arbeit. Nachdem ich das Element leicht von Hand nachjustiert und gedreht hatte und wieder zurück an Bord war, um seine Funktion zu testen, glaubte ich für den Bruchteil einer Sekunde aus dem 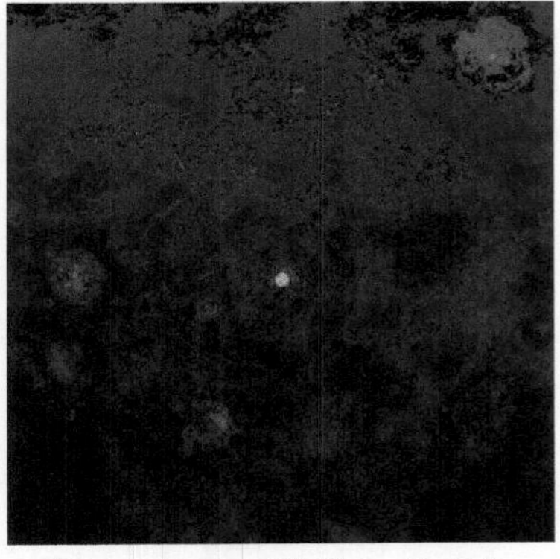 seitlichen Fenster in der Ferne etwas Helles, Farbiges entdeckt zu haben. Diesem Farb-spiel schenkte ich jedoch keine weitere Bedeutung. Zu oft hatte ich geglaubt, gehofft, zu oft ... und jedes Mal enttäuschte mich die Wirklichkeit.

»Wahrscheinlich einer dieser Nebel, in dem sich das Licht bricht oder was auch immer.«
Meine Reparatur war erfolgreich verlaufen, ich hatte wieder volle Leistung.
Wie gewohnt huschten meine Augen über die Fenster, ohne jedoch zu suchen. Draußen um die Himmelskörper herum nur Dunkelheit, unendliche Weite ...

Wenn man lange, sehr lange hier oben ist, bekommt man eines Tages ein Gefühl dafür, was Unendlichkeit, was »für immer« vielleicht bedeuten mag. Ja, auch unser Wort »Universum«: Wie wahr es ist, kann man in einem einzigen Augenblick erleben.
Die Stimme meines Bordcomputers war mir mittlerweile ans Herz gewachsen und an manchen Tagen provozierte ich eine kleine Störung, nur um etwas Ansprache zu erfahren. Auch hatte ich ihn dahingehend programmiert und auch ein wenig manipuliert, dass er aus meinen kurzen, kühlen

Ansagen wenigstens kleinere, teils sogar heitere Sätze bildete. Ich hatte ihm, soweit ich mich an Gedichte und Verse erinnern konnte, diese eingegeben und den Auftrag erteilt, immer wenn es besonders trist und langweilig war, mir aus diesem literarischen Schatz zu zitieren. Allerdings hatte sich auch in dieses Computersystem ein kleiner Fehler eingeschlichen. Beim Abrufen von Sokrates oder den anderen großen Dichtern und Denkern verwechselte er gern einmal einige Daten, sodass plötzlich eine Aussage von Albert Einstein um das Jahr 600 nach Christus datiert wurde. Meine Belehrungen quittierte er des Öfteren mit einem, wie ich fand, völlig unhöflichen Ausstieg aus dem System. Fast hatte ich das Gefühl, er sei beleidigt und schiebe mir die Schuld für seine Fehler in die Schuhe.

Trocken und mit unterkühlter Stimme hörte ich in solchen Momenten:

»Stammen diese Eingaben etwa von mir, sie sind falsch?«

In den nächsten Tagen standen besondere Arbeiten an.

Nach einigen Vorbereitungen sollte ein solareigener Hyperextermator an das bestehende Energienetz meines Shuttles angeschlossen und alle Daten hinzugeschaltet werden. Im Moment der Aktivierung wurde ich mit einem schweren Rucken in den Sitz gepresst, ein heftiges Zittern und Vibrieren war zu spüren. Einige meiner Kontroll-anzeigen machten mich auf eine Fehlfunktion der Lenk- und Antriebssysteme aufmerksam. Aus dem Vibrieren wurde eine klare, spürbare Vorwärtsbewegung. Ohne weitere Anzeichen beschleunigte mein Shuttle

ruckartig genau wie damals, als sich der Greifarm
von der Raumstation nicht gelöst hatte.
»Nicht schon wieder, jetzt ist es so lange gut
gegangen, und dann schaltet sich dieser verdammte
Antrieb wieder unkontrolliert ein«, schimpfte ich laut
vor mich hin.
»Hoppla«, kam es aus der Lautsprechersensorik.
»Das war aber ein gewaltiger Bums, Major, Sie
sollten den Antrieb überprüfen.«
»Klappe halten.«
»Sehr gern, Euer Wohlgelaunt«, kam die Antwort.
Vorsichtshalber legte ich die Gurte an und versuchte
auf Autopilot umzuschalten. Diesen hatte ich soweit
reparieren können, dass wenigstens der
Geradeausflug und das kontrollierte Ein- und
Ausschalten der meisten Funktion möglich war.
Schnell, aber mit der Routine eines Schweizer
Uhrwerks, wurden verschiedenste Schaltdurch-läufe
kontrolliert und korrigiert.
Spürbar entzerrte sich die angespannte Situation. Wir
wurden wieder langsamer. Langsamer, diese
Beschreibung war bei diesen Geschwindigkeiten
etwas unangemessen, denn das bedeutete in diesem
Fall lediglich nicht mehr ganz so schnell. Jeder
Düsenjet, der mit hundertfacher Schallge-
schwindigkeit in der oberen Atmosphäre unterwegs
wäre, würde mit diesem »langsamer« allem bisher
Bekannten davonzischen und hätte auf der Erde nur
eine Staubwolke hinterlassen. Aber für die
Verhältnisse an Bord war ich mit dem Tempo schon
zufrieden. Noch einige Male wurde das Schiff leicht
ruckartig geschüttelt, bis mein Gefühl von den Instrumenten und jener netten Stimme bestätigt wurde.

»Es ist alles wieder in Ordnung. Gratuliere Kapitän, das haben Sie gut gemacht.«

Da geschah es wieder. Das Hinzuschalten des solareigenen Hyperextermators stand also offenbar in keiner Verbindung mit der erneuten plötzlichen Beschleunigung. Diese Elemente hatten nichts miteinander zu tun, sie waren nicht einmal über den gleichen Stromfluss verbunden. Es musste eine andere Erklärung für den Fehler geben.
»Bordcomputer, ich möchte alle Daten der letzten Minuten sehen, bitte auf Bildschirm 1.«

Aus den übermittelten Aufzeichnungen konnte jedoch nichts Außergewöhnliches abgeleitet werden. Als ich auch nach längerer Recherche nichts finden konnte, beschloss ich, einer meiner Lieblingsbeschäftigungen nachzugehen. Ja, einer der wenigen, die hier noch ein wenig Sinn zu machen schienen: Ich blickte hinaus aus dem Fenster, sinnierte, träumte, suchte und verlor mich in der Zeit der Unendlichkeit.

Wiesen, grün und sanft, erscheinen vor meinen Augen, ganz real, der seichte Wind gleitet darüber hinweg, das Gras wird leise von ihm überweht und es scheint sich zu wiegen, als würde nur Gott es verstehen, dem Grün diese liebliche Zärtlichkeit einzuhauchen. Ich liebe den unbestimmten Wellengang, den der Wind über dem Kornfeld entfacht, ganze Wogen ziehen über das Land, dann wieder entspringt an anderer Stelle eine ungezähmte Unruhe, um abrupt in scheinbaren Stillstand zu verfallen.

Ich sehe die Wolken, Zuckerwatte gleich, vor blauem Himmelsgrund dahinwandeln. Schillerndes Wasser stürzt den Felsen hinab, um in Millionen von bunten Glasperlen zu zerbrechen, sich dann vom wässrigen in den luftigen Zustand zu erheben, um sich im nächsten Moment abermals zu einem in sich verbundenen harmonischen Ganzen zu ergießen.

Ich träume von den Vögeln am Himmel, die mit den Winden fliegen, immer ihr federleichtes Spiel mit den Böen treibend. Wie sie von unsichtbaren Strömen hinaufgetragen werden in das weite Blau, wie sie sich gegen die Winde bäumen, dem Sturm zu trotzen und nichts sehnlicher als den Frühling erwarten.

Auf dem Rücken im hohen Grase liegend geht mein Blick nach oben in die unendliche Leere. Da oben, irgendwo da oben muss auch ich sein. Ich träume von den Bäumen, den Sträuchern, den Blumen und den Blättern mit ihrer unendlich scheinenden Farbenpracht, wenn sie sich müde von des Sommers Arbeit zurückziehen, Platz machen für die nächsten Generationen. Ich sehne mich nach Eis und Schnee, wie sehr wünsche ich mir die Kälte nach einer Schneeballschlacht mit meinen Kindern. Ein zwei Meter hoher Schneemann wartet in unserem Garten auf den nächsten Tag.

Ach, könnte ich doch nur noch einmal das alles erleben ...

Den aufkeimenden Frühling mit seiner unglaublichen schöpferischen Kraft: Knospen sprengen im lauen Wind die zögernd tauenden Winterschichten. Die ersten Vogelstimmen triumphieren, sie künden vom strahlenden Einzug des Frühlings in diese meine Welt. Vom ersten Schmetterling, der mit seinem Flügelspiel einer Melodie zu gehorchen scheint. Ich träume vom kleinen Käfer, der beim Überqueren meiner nackten Füße ein angenehm prickelndes Kitzeln hinterlässt. Wie sehr vermisse ich das Stechen und Kratzen der Brennnesseln an meinen Beinen und Unterarmen, wenn wir mit den Kindern durch die Wälder getobt sind und von den süßen ersten Beeren des Sommers genascht haben.

So schwärmte ich von all den Farben, Klängen und Düften meiner Welt. Hier oben, im kalten Dunkel des Universums. Flieder und Jasmin, diese wollte ich noch einmal kosten.
Was mir jedoch am meisten fehlte, waren die Sonnenaufgänge, das Farbenspiel der spitz einfallenden Sonnenstrahlen, dieses unvergleichliche tägliche Schauspiel der Natur. Ich träumte von jenem Wunder, das ich so oft erleben durfte und damals in meiner Unwissenheit als etwas Selbstverständliches erachtete.
Wenn ich das wüsste, was ich heute weiß, würde ich mit Sicherheit ...
Und da war er wieder, jener kleine bunte Lichtpunkt am Seitenfenster.
Mein Tagtraum war mit einem Mal unterbrochen. Gezielt glitt mein Blick abermals hinaus ins schwarze Nichts.
Eine eigenartige Unruhe, ein merkwürdiges Gefühl, das nicht vom Kopf, sondern aus der Bauchgegend aufstieg, breitete sich nach und nach in meinem ganzen Körper aus, es nahm mich vollends in Besitz. Mein immer schneller werdender Herzschlag ließ mich unruhig werden. Durch ihr leises Piepsen wurde meine Aufmerksamkeit auf einige der seitlichen Instrumente gelenkt.

»Bordcomputer, sofort den Außenscanner aktivieren, ich will wissen was da draußen los ist!«
»Wird gemacht.«
Mein Blick ging ins Unendliche und doch spürte ich ein Verlangen, den mich ganz einnehmenden Wunsch, doch noch fündig zu werden.
»Wo bist du Lichtlein? Ich habe dich gesehen.«
Ich spürte es, aber sehen konnte ich nichts, kalter Schweiß trieb mir auf die Stirn, meine Hände fingen an zu zittern, meine Füße wippten unruhig auf und ab. Ein weiches, flimmerndes Gefühl zog mir durch die Kniescheiben.
»Wo bleibt die Auswertung der Scannerdaten?«
»Kommen gleich!«
Durch das unbemerkte Beißen auf meine Lippen fiel ein kleiner Tropfen Blut auf meinen Anzug. Hoffnungsvolle Unruhe überfiel mich. Nichts war zu erkennen, nichts, alles Dunkel. Dennoch: Ich glaubte, es zu spüren. Diesmal war ich mir ganz sicher. Trotz der vielen Enttäuschungen, diesmal war es anders.
Irgendwo da draußen vermutete ich ...
Ich spürte es ...
Endlich: Mit einem sanften Klang wurden die Daten auf die Anzeige projiziert. Mein Blick huschte hinüber zu den Instrumenten, aber sie zeigten nichts an, keine Besonderheiten, kein anderes Flugobjekt, keinen Asteroiden, keinen Satellit, nichts. Von dieser Enttäuschung wollte ich mich nicht entmutigen lassen, ganz im Gegenteil. Ich war mir sicher, ich konnte es spüren, wir näherten uns einander. Ein Hitzestrahl durchfuhr

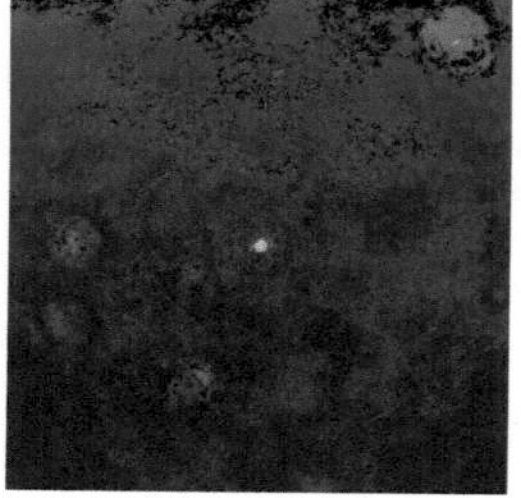

meinen Körper, ich spürte das Ansteigen meiner Körpertemperatur, die Messinstrumente reagierten mit entsprechenden Warntönen.
»Bleiben Sie bitte ruhig, Kapitän!« Ich schaltete die Funktionen leiser und verdunkelte die Innenbeleuchtung. »Lautstärke minimieren, Scanner Daten erneut filtrieren und auf Bildschirm 2 vergrößern!«

Nun konnte ich mich auf die Anzeigen vor und über mir besser konzentrieren. Nichts sollte mich ablenken. Meinen Kopf schob ich weit nach vorn zum Sichtfenster hin. Der Sicherheitsgurt, der mich in den Sitz zurückzog, wurde straffer und ich spürte, wie mir seine Seitenkante oberhalb meines Kragens in die Haut schnitt.
Egal, das war alles unwichtig.

Nichts, schwarz war es da draußen. Nur schwarz, sonst nichts. Mit wenigen Kurskorrekturen schwenkte ich meinen Shuttle leicht nach Backbord, um einen besseren Blick in den geglaubten Bereich zu haben. Flink und routiniert suchten meine Augen das gesamte Umfeld ab. Es war sehr leise hier in meiner Kapsel, nur das monotone Summen einiger Aggregate war zu hören. Dann vernahm ich die Worte meines Verstandes und sie wurden deutlicher:

»Nichts. Wieder einmal nichts. Vergiss es einfach, nichts wirst du finden, genau wie all die anderen Male.«
»Halt' die Klappe«, befahl ich.
»Aber du siehst es doch selbst, da draußen ist nichts, du kannst deine Hoffnung begraben.

Du wirst Suraja und deine Jungs nie mehr sehen, du wirst nicht sehen, wie sie Fahrrad fahren, du wirst nicht sehen, wenn sie ihre erste Freundin nach Hause bringen und du wirst auch deine Enkelkinder nie zu Gesicht bekommen.«
»Halt endlich deinen Mund, ich spüre es doch!«
Und wieder vertrieb die Logik meine Gedanken und war dabei, sie vollends zu beherrschen.

»Aber ich habe es doch gesehen.«

»Gar nichts hast du gesehen, eine Fata Morgana, es war nur ein Wunsch. Du wirst Suraja nie wieder in den Arm nehmen und ihr ohne jedes Wort deine Liebe beweisen können. Sie alle bleiben nur Schemen der Erinnerung.«
»Sei still, halt einfach nur die Fresse«, schrie ich in den leeren Raum. Mein Gefühl und mein Herzschlag wollten sich nicht beruhigen, ganz im Gegenteil, immer heftiger wurde der Befehl, weiter zu suchen, zu suchen, immer weiter.
»Such', such'!«, schien er zu schreien.
»Du darfst die Hoffnung nicht aufgeben, such'!«

Und dann war er auch wieder da, der kleine Farbfunken oben in der Scheibe. Eine weitere Drehung meiner Kapsel und ich hatte ihn genau in der Mitte meines Fensters.
»Das gibt es doch nicht«, platzte es aus mir heraus.
Mehrmaliges Zwinkern schärfte meinen Blick, es war der Versuch, das Objekt der Hoffnung und der Sehnsüchte mit bloßem Auge heran zu zoomen. Klar zu erkennen war es noch nicht, aber spürbar zu erahnen war es bereits. Vor meinem inneren Auge

entstand ein immer deutlicher werdendes Bild, umrahmt von weichem, hellem Licht. Tränen rannen über meine Wangen.

»Etwas näher heran musst du fliegen«, hörte ich mich sagen.

»Bordcomputer: Objekt in Bildschirmmitte anvisieren und mit gedrosselter Geschwindigkeit annähern.«

»Trau dich noch näher.«

Wohlige Wärme umspülte meinen Körper. Noch immer waren die Umrisse nicht deutlich erkennbar, aber je näher ich dem Ganzen kam, umso sicherer war ich, dass ich etwas gefunden hatte.

Eine Hülle von Dunstartigkeit, von hellem, fast farblos scheinendem Gas, ein Gemisch vielleicht von Licht und anderen Stoffen war zu erahnen. Vielleicht eine Atmosphäre, in der sogar einfaches Leben existieren könnte. Als ich näher kam, wurden die

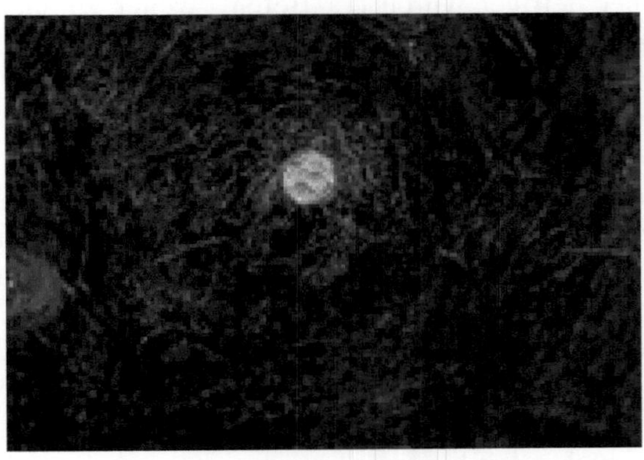

Farben, Blautöne, immer deutlicher, es handelte sich wohl um Wasser oder etwas Ähnliches, es strahlte

hinauf zu mir, als wollte es mich locken. Türkis und Grün kamen hinzu, Braun und ein leichtes, wenn auch blasses, erdiges Ocker schienen mir den Weg zu weisen.

»Geschwindigkeit beibehalten, gut so, langsam annähern«, lautete meine Anweisung. Immer näher kamen wir uns. Vor mir lag eine fremde, unbekannte Welt, und doch schien mir alles so vertraut. Was ich in meinem Innern spürte, war kaum zu beschreiben, es ergoss sich Geborgenheit von tiefster Reinheit und Wärme über meinen Geist und meine Seele.

Dann hörte ich eine mir vertraute Stimme. Nicht über meinen Lautsprecher, sondern so, wie ich auch früher schon diese Stimme gehört hatte, plötzlich war sie wieder da und sie erfüllte nicht nur meine Kapsel, nein, sie erfüllte allen Raum um mich herum und sicher auch alles weit draußen im Universum.

»So, … genau so wirst du dich fühlen, wenn ich dich rufe. Keine Furcht, keine Sorge, keine Hast, keine Ängste begleiten dich, nur das Gefühl, zurückzukehren an den Ort, an dem es begann und es immer wieder von Neuem beginnen wird. Jenen Ort, an dem sich Anfang und Ende, Geburt und Tod versöhnend die Hand reichen. Es gibt keinen Beginn, kein Ende, keine Unterbrechung. Es ist ein Ring, auf dem du wanderst.

Alles ist gut. Alle Schuld vergeben.«

Ich spürte eine nie erahnte Kraft, einen Lebenshauch, der mich rief. Beim Näherkommen schossen mir wie magnetisierende Blitze durch den Kopf.

Da war er, prall und gelassen lag er vor mir. Ein Planet wie meiner, von dem ich glaubte, ihn nie mehr wiederzusehen. Ich konnte mich vor Freude kaum halten.

Mein Atem war so ungestüm, dass mir schwindlig wurde, ich starrte mit Tränen in den Augen hinaus auf einen leuchtend bunten Himmelskörper, umrahmt von schwarzem Nichts.
Mit einem Mal erkannte ich dieses Wunder, das Ganzheitliche des Kosmos. Was war es für ein Geschenk, das Vergangene und das Gegenwärtige schienen sich mir und sich selbst in diesem Moment zu erklären!
»Kapitän, Achtung, da kommt etwa sehr Schnelles und Gewaltiges auf uns zu. Ich konnte es nicht identifizieren, einen Asteroiden oder einen Satelliten kann ich ausschließen, es ist viel größer, es kommt immer näher und es ist sehr ...«
Was nun geschehen sollte, war mir gleichgültig, ich wusste am Ziel meiner Reise angekommen zu sein, denn ich hatte gefunden, wonach ich so lange suchte.
Im nächsten Augenblick traf ein gewaltiger, heller, mit unglaublicher Geschwindigkeit heranbrausender Lichtstrahl meine Kapsel und umhüllte sie. Alles wurde von einem heftigen Dröhnen und Donnern geschüttelt. Und meine Kapsel schien von jenem Lichtstrahl ergriffen und navigiert zu werden. Ein tiefes Verständnis zwischen diesem Planeten und unserem Dasein trat ein. In der Ferne glaubte ich, ein rhythmisches Pochen wahrnehmen zu können. Der ganze Planet schien zu pulsieren, als atme er.
»Vielleicht ist er bewohnt, vielleicht sogar von intelligentem Leben, von Kreaturen, und wenn es nun doch meine Erde ist?«

Sollte ich in dieser fremden Galaxie auf eine andere, neue Welt treffen, die meiner so ähnlich schien? »Wie auch immer, wir werden diesen Planeten anfliegen und ihn aus großer Höhe beobachten.

Alles Vorbereiten und berechnen.«
»Major, wir können nichts tun, dieser Lichtstrahl hat uns erfasst, er bestimmt Flugrichtung und Geschwindigkeit.«
»Geschwindigkeit drosseln, Steuerbord Lenkraketen zünden.«
 »Kapitän, die Systeme funktionieren nicht, wir sind manövrierunfähig.«
»Anweisung nochmals ausführen, hart Steuerbord abschwenken!«
»Wir können nichts tun, alle Systeme werden von diesem Leitstrahl kontrolliert.«
Wie versteinert blickte ich nach draußen und gab mich dem hin, was nun geschah. Immer unmissverständlicher wurde dieses Pochen. Es war ein gleichmäßiges Schlagen, als würde ein Schmied ohne Unterlass den Amboss bearbeiten. Immer deutlicher war es zu erkennen, ruhig und gleichmäßig, es klang fast wie ein …, ja, fast klang es wie ein Herzschlag!
Mit einigen Knöpfen schaltete ich die hoch auflösende Außensensorik hinzu und spielte die Aufzeichnungen über die Elektronik in den

Innenraum der Kapsel. Was zu hören war, klang tatsächlich wie ein Herzschlag! Aber wessen Herzschlag, wenn es denn einer war? Meiner war es jedenfalls nicht.

Dieser da schlug ruhig und behäbig, meiner hingegen überschlug sich förmlich, er rannte und wurde immer noch schneller. Konnte das Pochen von diesem Planeten kommen?

Der Eindruck täuschte nicht. Das Klopfen, es kam tatsächlich direkt von dem vor mir liegenden Planeten. Es gab hierfür keine rationale Erklärung.

»Das kann nicht sein«, hörte ich mich sagen.

»Bordcomputer, alles checken, ich will sämtliche Daten von diesem Planeten, oder was auch immer es ist.«

»Es tut mir leid, ich bekomme keinerlei Ergebnisse, null, gar nichts!«

Endlos und schnell wucherten meine Gedanken in alle nur erdenkliche Richtungen, bis ich meine erste, als absurd verworfene Idee neu überdachte.

Ein Herzschlag. Lebewesen haben einen Herzschlag.

Hier konnte man den Herzschlag eines Giganten hören, er kam direkt von diesem riesigen Geschöpf da vor mir. Sein Pochen und die leicht atmende Bewegung waren absolut unverständlich. Ich war wie benommen.

Ein Hüsteln riss mich aus dieser inneren und äußeren Betrachtung.

»Kapitän, nun haben wir doch einige Ergebnisse, ich habe einige Messungen durchgeführt, es besteht kein Zweifel. Es handelt sich um einen Planeten und nun halten Sie sich fest: Dieser Planet vor uns atmet und der zu hörende Herzschlag kommt aus seinem Innern.

Alle weiteren Tests und Messungen deuten darauf hin, dass seine Zusammensetzung und Beschaffenheit jenen der Erde sehr ähnelt, genau genommen, könnte es sogar sein …«, die Stimme wurde langsamer und zögerlich.

»Bordcomputer, bitte weiter ausführen, was könnte sein?«, bohrte ich nach. Doch der Computer schwieg.

Überzeugt davon, dass es sich um einen Planeten wie unsere Erde handelte, war ich noch nicht ganz sicher, denn wenn unsere Erde einen Herzschlag besaß und atmen würde, wüssten wir das doch, oder?

»Vielleicht gibt es auf dem Planeten sogar Leben, können wir eine Botschaft senden?«

Absurd, kam es mir plötzlich in den Sinn, hier sollte sich also meine Mission erfüllen, hatte ich doch damals vor langer Zeit eigentlich den Auftrag erhalten, eine Sonde zum Auffinden unbekannter Lebensformen im All zu installieren.

Dann meldete sich der Computer wieder.

»Erlauben Sie mir eine Bemerkung Kapitän: Es deutet alles darauf hin, dass es sich um die Erde handelt.«

Ohne Unterlass führte uns der Leitstrahl immer näher. Was ich da hörte und spürte, sollte der Herzschlag der Erde, meiner Erde sein? Sollte dieser Planet leben, sollte es sich um ein eigenständiges gewaltiges Lebewesen handeln? Das Unmögliche schien die einzige Erklärung. Dieser Planet lebt, sein Atmen ist zu sehen, sein Herzschlag zu spüren ...

So abwegig mir der Gedanke erschien, war es doch eben nur ein Gedanke, und was mir mein Gefühl sagte, war ganz klar. Tief und dumpf drang er zu mir, dieser gewaltige Herzschlag, immer klarer, je näher wir uns kamen. Nun war ich mir ganz sicher. Mit einem Mal schien der Sinn dieser Reise offensichtlich ...

»Bumm, Bumm«, ruhig und gleichmäßig immer wieder: »Bumm, Bumm.« Da lag er vor mir, wie ein gutmütiger Riese. Voller Leben und Energie, voller Zuversicht, dass ihm nichts, aber auch überhaupt nichts passieren konnte.

»Ich muss näher, noch näher.«

Dann hatte ich sie in ihrer ganzen Erhabenheit vor meinem Fenster. Die Erde. Sie war so gewaltig in ihren Ausmaßen und dem, was sie auszustrahlen vermochte, dass sie mir unvergänglich schien.

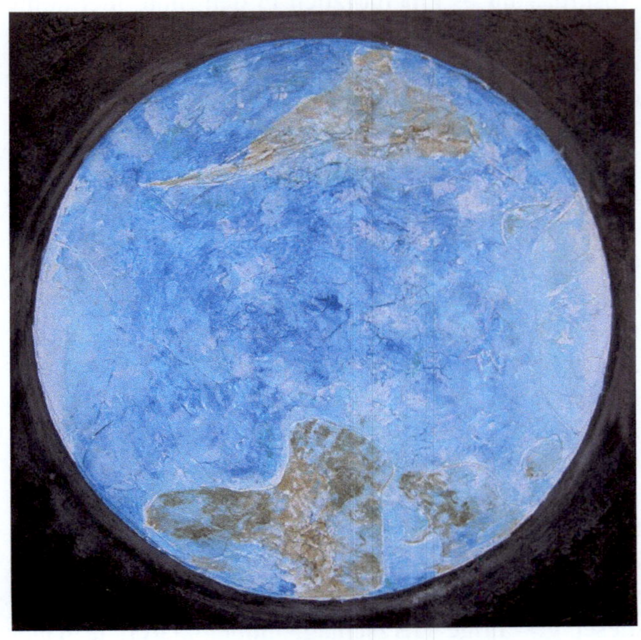

In meinem Kopf schwirrten tausend Bienen, und es war schwer, meine Gedanken zu ordnen. Eine leichte, sich verstärkende Benommenheit und zugleich Klarheit ergriffen mich. In meinen Adern und an meinen Schläfen pulsierte das Blut.

»Du musst alles aufzeichnen«, hörte ich meine Stimme sagen.
»Ja, Major, alle Innen- und Außengeräusche werden automatisch mitgeschnitten. Soll ich die Mitschnitte als Funkspruch absetzen?«

Ein Funkspruch – und es gab Hoffnung auf Antwort! Vielleicht konnte man mich hören. Dann der Schrecken, meine Funkgeräte wären noch defekt, sie waren ja zerstört worden, damals beim missglückten Abtrennen von der Raumstation. Ich wollte dennoch nichts unversucht lassen.
»Aufzeichnung eines Funkspruchs vorbereiten, und wenn ich das Okay gebe, in allen uns verfügbaren Sprachen absetzen!«
»Kapitän, unsere Funkgeräte sind nun funktionsbereit. Bitte sprechen Sie jetzt.«
»… Hier spricht der Kapitän des …, nein, Abbruch, neue Aufzeichnung …«

Tausend Mal war ich solche Szenarien im Kopf durchgegangen. Nichts von meiner Routine war mehr übrig. Mein Kopf wurde schwer, meine Gedanken kreisten mit ungeheurer Geschwindigkeit.
Das lauter und stärker werdende Donnern und Rasen meines eigenen Herzens war fühlbar, ich spürte den Herzschlag in meiner Halsschlagader, und nach und nach geriet mein Blut in Wallung und durchströmte

in der Geschwindigkeit eines wilden, reißenden Bergflusses meinen Körper. Die in der Kanzel zu hörenden Herzschläge, die des Planeten und auch mein eigener, wurden heftiger und schienen einen einheitlichen Rhythmus zu suchen. Das Schlagen der Trommeln, das Hämmern des Schmiedes, sie näherten sich und bald fanden sie den gleichen Takt. Der von außen hereingetragene und mein eigener Herzschlag verschmolzen zu einem gleichmäßigen, ruhigen, aber dennoch mächtigen Schlagen. Mein anfängliches Staunen hatte sich in tiefe pulsierende Ruhe verwandelt. Beide Schläge vereinten sich zu einem Allumfassenden, alles Ergreifenden, und ich spürte die Wucht jedes Schlages in meiner Brust und meiner Seele. Dieser Herzschlag durchströmte nicht nur meinen Leib, er durchflutete mich, immer deutlicher nahm er Besitz von meinem Geist und meiner Seele. Er drängte sich auf.

»Lass es zu!«, hallte die Stimme.

»Gib dich hin und lass es geschehen!«

Ich ließ es zu, nahm ihn auf und in diesem Moment spürte ich die Veränderung, die Erfüllung meiner Berufung, meines Lebens. Mit diesem Herzschlag sollte ich verschmelzen, es trat eine unvorstellbare Geborgenheit ein, die Geborgenheit eines neugeborenen Kindes, das an die Brust der Mutter gelegt wird und trinken darf, das Glücksgefühl der jungen Mutter zu wissen, ein neues eigenes Leben geboren zu haben und in den Händen zu halten.

In der Tiefe der gemeinsamen Herzschläge durfte ich einen Blick auf das Innere dieses Planeten, dieses Wunders werfen. Mein Körper, mein Geist und meine Seele wurden in die bis dahin fremden Welten dieses Planeten gehoben.

Trotz meiner Benommenheit erschienen aus einem lilafarbigen Spiralnebel längst vergangene Bilder. Mein inneres Auge spulte sich noch einmal die alten Filme ab. Ich sah sie alle wie damals vor mir, seltsam, dass sie sich nicht verändert hatten: Jörg, Franz-Rudolf, Rembert, meinen Vater, meine Mutter, Oma Lina und sogar unseren Kater Mikesch, der sich so gern auf meinem Schoß breit gemacht hatte. Mit der ausgestreckten Hand spürte ich sein struppiges, kurzes Fell und hörte sein Schnurren. Wir standen hinter meinem Elternhaus, mein Blick ging über die Köpfe der Kinder hinweg und da war auch Suraja, wie ich sie das erste Mal bei unserer Abhöranlage sah, damals als wir noch Kinder waren. Ich sehe das Funkeln und Blitzen in ihren Augen. Alles fing noch einmal an, und nichts davon wollte ich anders machen oder missen. Meine damaligen Spielkameraden hüpften fröhlich und gut gelaunt umher, sie sangen und spielten unbekümmert im Sonnenschein. Alles schien so vertraut, so friedlich, es schien so unbeschwert und glücklich.

Lauter werdende, krachende und berstende Geräusche, die von der Außenhülle meines Shuttles kamen, rissen mich aus meinen Illusionen, in meiner Kapsel wurde es immer stickiger und lauter, das Pochen unserer Herzen erfüllte nun den ganzen Raum. Es entstand eine Fülle, die mir den Atem raubte, sie wurde intensiver, bis ich der Bewusstlosigkeit nahe war. Schläfrig, fast betäubt fühlte sich mein Körper an und doch war mein Geist glasklar.
Die Bordcomputer hatten längst die erforderlichen Messungen und den Eintauchwinkel in die obere

Atmosphäre berechnet. Das Zünden der entsprechenden Lenk-raketen sollte automatisch vorgenommen werden. Aber aus unerfindlichen Gründen schlug mein Shuttle mit voller Wucht im rechten Winkel auf die äußerste Schicht dieser Lufthülle und durchbrach sie mit einem heftigen Knall. Alle Anzeigen drehten völlig durch oder schalteten sich komplett ab. Eine Korrektur des Eintauch- und Flugwinkels war unmöglich geworden. Mit stark zunehmender Geschwindigkeit rasten wir auf die Oberfläche des Planeten zu. Trotz der Hitze-ständigen Außenbeschichtung erwärmte sich der Innen-raum meines Shuttles, die Temperatur stieg auf weit über 60° C. Aus allen Ecken und Dichtungen strömte zischender, ätzender Qualm. Die Sichtverhältnisse wurden katastrophal. Ich rieb meine mittlerweile blutunterlaufenen Augen und versuchte von Hand einige Absauggebläse zu aktivieren. Sie sprangen zwar an, waren aber mit den Mengen und den hohen Temperaturen überlastet. Mit aus-gestrecktem Arm erreichte ich mit Mühe einige Knöpfe und Schalter weit über meinem Kopf. Etwas unterhalb waren auch die Aktivierungshebel der Aufzeichnungsgeräte und der Funkverbindung angebracht. Durch die starken Schwankungen und ruckartigen Bewegungen meiner Kapsel erreichte ich die Instrumente nicht richtig und schlug einfach nur drauf.

»Bordcomputer: Wenn hier noch irgendetwas funktionieren sollte, dann müssten alle zur Verfügung stehenden Funkkanäle geöffnet werden.«

Trotz der Sicherheitsgurte wurde ich mit enormem Druck von einer auf die andere Seite geworfen und immer wieder zusammengestaucht. Alles schien in der nächsten Sekunde zu zerbersten. Benommen schrie ich:

»Mayday, hört mich jemand?«

Mit letzter Kraft versuchte ich es noch einmal.

»Mayday – Mayday, ich habe die Kontrolle über mein Raumschiff verloren, ich komme in friedlicher Absicht. Hört ihr mich? Ich komme als Freund. Mayday – Mayday!«

Ich rief es hinaus, zuerst laut, dann, mit zunehmender Benommenheit. Meine Worte wurden undeutlicher, und ich sagte Dinge, von denen ich nicht wusste, dass sie von mir stammten. Den Kopf hochgerissen, war klar, dass ich auf die Planetenoberfläche stürzte. Überlebenschance gleich null.

»Mayday! Hört mich jemand?«

Noch einmal schien sich mein Verstand zu klären. Im Befehlston schrie ich den Bordcomputer an.

»Notruf, los, Notruf absetzen, in allen Sprachen, auf allen Kanälen, mit allen Möglichkeiten! Sofort!«

Plötzlich vernahm ich die alten Morsezeichen aus meiner Kindheit in meinem Kopf, die mir Onkel Sepp damals bei seinen abenteuerlichen Kriegserzählungen beigebracht hatte. Dreimal kurz, dreimal lang, dreimal kurz, das wusste ich noch genau. Nach vorn gebeugt schlug ich immer wieder heftig mit der flachen Hand auf meine Instrumententafel. Blut quoll aus den Platzwunden meiner Hände. Immer wieder schlug ich den Takt.

Dreimal kurz, dreimal lang, dreimal kurz,

»Mayday – Mayday«, schrie ich hinterher.

»Ich stürze ab!«

Bevor ich schließlich das Bewusstsein verlor, vernahm ich wieder diese eine Stimme. Sie war in all den Wirren, dem Lärm, dem Gestank und dem Quietschen klar und deutlich zu vernehmen. Ich erkannte sie sofort.

»Nun gut«, seufze ich, »es ist also Dein Plan, dass ich jetzt sterbe. Ich bin glücklich, dass Du bei mir bist und ich endlich verstanden habe, jetzt kann mir nichts geschehen.«

»Hör' meine Worte!«, erklang es.

Und ich lauschte und gab mich hin.

»Keine Furcht, keine Sorge, keine Hast, du wirst zurückzukehren an den Ort, an dem alles begann und es immer wieder von Neuem beginnen wird, jenen Ort des Anbeginns der Zeit. Und ich, ich selbst reiche dir in Liebe meine Hand.«

»Ich fürchte mich nicht, oh Herr, denn bin ich schon bald bei Dir.«

Bewusstlosigkeit überfiel mich. Was ich in einem fieberähnlichen Trancezustand von mir gab, war das Resultat und wahrscheinlich, davon bin ich heute überzeugt, auch Aufgabe und Ziel meiner Reise. Dieser Reise mit ihren unsäglichen Fehlern, ihren Wirren, Verzweiflung und der erst daraus resultierenden Verschmelzung zweier Lebewesen, gesprochen mit einer Zunge und einem Herzen. Die Worte, die ich von mir gab, wurden mir in sphärischer, kosmischer Art eingegeben, ich schien nur ein Werkzeug, das Gehörte in unsere Sprache zu übersetzen.

Mein Raumschiff raste dem Aufschlagpunkt entgegen.

Zu Hause

Heute, Jahre später, sitze ich ohne Schuhe und Strümpfe auf einer grünen Wiese. Aus unerklärlichen Gründen habe ich diesen Absturz überlebt. Unerklärlich waren diese Gründe nur für die anderen. Mir war klar, warum ich überlebte. Ein halbes Jahr war ich in einer Spezialklinik untersucht, untersucht und beobachtet worden. Man wollte mich auf das Leben in einer mir einst so vertrauten und nun fremden Welt vorbereiten.
Anfänglich überschlugen sich die Medien in ihrer Berichterstattung. Abgeschirmt von der Öffentlichkeit besuchten mich meine Kinder und natürlich auch Suraja regelmäßig und ich durfte sogar Spaziergänge mit ihnen unternehmen. Der Neuanfang war für mich nicht so einfach zu meistern. Die Welt, in die ich zurückkam, war noch schneller, noch hastiger geworden. Als ich nach sieben Monaten das erste Mal nach Hause durfte, wurde dies ohne jeden Aufwand und ohne Presse erledigt.
»Gott sei Dank!«, und das meinte ich Wort für Wort aus tiefster Überzeugung, »ich bin zurück bei meiner Familie.«
Suraja und die Kinder hatten nie den Glauben an meine Rückkehr aufgegeben. In der Küchenkommode stand über all die Jahre ein Bild von mir, umwickelt mit einem blauen Band. Hier hatte Suraja jeden Tag mit unseren Jungs gebetet.
»Papa, wir warten auf dich, komm bald wieder. Wir wissen, dass du bei uns bist, jeden Tag und wir sind bei dir. Wir glauben an Gott und dass ein Wunder geschieht.«

Sie gestand mir, dass, wenn die Kinder eingeschlafen waren, sie immer noch einmal zurückkam, sie gab dem Bild einen Kuss, und in diesem Moment kam es über ihre Lippen wie all die Nächte meiner Abwesenheit. Sie weinte, hielt meine Hand ganz fest und flüsterte mir ins Ohr.
»Ich liebe dich.« Und dann: »Danke, dass du wieder bei uns bist.«

Geflogen bin ich seitdem nicht mehr. Selbst mit dem Auto oder der Bahn will ich nicht mehr reisen. Ich begnügte mich, an jenem Ort zu bleiben, an den ich gesetzt wurde und ihn zu Fuß zu erkunden. Gesetzt von jener Macht, die mir den einzig wahren Weg gezeigt und mich zum Anfang zurückgeführt hatte.
Nun bin ich da wo ich bin, Begnüge mich mit was ich habe und tue was ich kann.

Nach etwa zweieinhalb Jahren kamen dann die Medien doch noch einmal auf mich zu. Ich wurde zu zahlreichen Fernsehgesprächen und Shows eingeladen. Bücher sollte ich schreiben, ja, sogar eine eigene Fernsehshow wurde mir angeboten. Eine Ehrenprofessur sollte meine Rente sichern. Einfallsreich bemühte man sich, mehr aus mir und meiner Geschichte herauszuholen.
Nichts von alledem habe ich angenommen. Das, was ich erlebt habe, kann man nicht in einer einstündigen Übertragung wiedergeben, für Diskussionen ist kein Raum, weil es über das Erlebte und die daraus resultierenden Erkenntnisse nichts zu diskutieren gibt. Niemand wird die Gelegenheit erhalten, sich an dieser Geschichte zu bereichern, sie für eine

Werbekampagne auszuschlachten oder noch schlimmer, sie zu verändern.

Vielleicht werde ich diese unglaubliche Reise eines Tages niederschreiben. Dann ist sie unverfälscht wiedergegeben.
Mitanhören darf sie jeder, denn sonntagvormittags um zehn Uhr, jeden Sonntag und immer an der gleichen Stelle unter der großen Linde, sitze ich im Stadtpark und erzähle das, was ich erleben durfte. Ich habe meinen Kindheitsnamen Sputnik 13 nochmal angenommen. Auch Suraja und die Kinder nennen mich mittlerweile so.
Am Anfang war ich allein, aber dieses Gefühl kenne ich, es macht mir nichts aus. So begann ich und erzählte mir diese Geschichte unzählige Male, damit nichts, noch nicht einmal das kleinste Detail, verloren ging. Heute habe ich auch keine Scheu niederzuknien und zu beten, ich achte nicht einmal darauf, ob mich jemand beobachtet oder ob sich sogar jemand über mich lustig macht. Ich fühle mich einfach weit weg von diesen Dingen des menschlichen Klein-Denkens und sende alle Gedanken in Liebe und Dankbarkeit ins Weltall zurück.
Den Interessierten erzähle ich vom Universum und jener Kraft, die mich am Leben hielt und mich zu meiner Frau und meinen Kindern zurückführte. Ich erzähle von meinen Gesprächen und den Antworten, die ich erhielt. Von meinem Zweifel und der Belehrung, von der Erkenntnis des unerschütterlichen Glaubens und dem fast Unglaublichen, was mit mir nach dem Eintauchen in die Erdatmosphäre geschah. Es stellte sich heraus, dass bei dem Eintritt in die Atmosphäre tatsächlich auch die Funkanlagen wieder

in Takt und voll funktionsfähig waren. So konnte alles, was sich in meinem Cockpit abgespielt hatte, festgehalten werden.

Die Erzählungen im Stadtpark schließe ich mit einer tiefen und ehrfürchtigen Verneigung. Ich verneige mich vor dem Universum, dem Schöpfer der Welt und ich hoffe, es gelingt mir bei meinen Zuhörern, die immer zahlreicher kommen, Verständnis zu wecken von jener Macht, mit der ich verschmelzen durfte. Meine Erzählungen von der nuklearen Selbstvernichtung werden von meinen Zuhörern mit Entsetzen und Trauer aufgenommen. Alle sagen mir das Gleiche. Auch sie werden hinausgehen und den Menschen von diesen Erlebnissen berichten und sie sind sich sicher, dass wir alle klug genug sind, ein friedliches Volk Gottes zu werden.

Von meinem Platz hinter dem Haus kann ich den gesamten Garten überblicken. Ich sehe den mittlerweile riesigen Fliederbusch, den wild wuchernden, süß duftenden Jasmin, der längst die Randsteine erobert hat, ich sehe Suraja im Garten stehen, sehe ihr Lächeln und ihren verständnisvollen, dankbaren Blick. Ich genieße den Augenblick, wenn sie sich die Haare hinter das Ohr streicht und dann zu mir hinüber sieht. Dieser Blick ist so glänzend klar, temperamentvoll und voller Neugierde wie damals hinter dem Haus bei unseren ersten Begegnungen mit den Außerirdischen. Was aber hinzugekommen ist, ist die Dankbarkeit, der Respekt und die Ehrfurcht.

Ich höre die Bienen um mich herum und folge jedem Flügelschlag, ein kleiner Käfer versucht, den Grashalm zwischen meinen Zehen zu erklimmen. Der Wind kühlt meinen Rücken. Die aufsteigende

Feuchte der Wiese ist eine Wohltat. Die Sonne steht tief und die Wolken fangen an, sich zu verfärben zu jenem Rot, das ich so sehr vermisst habe.
Manchmal ertappt Suraja mich dabei, wie ich auf dem Bauch liege und mein Ohr ganz tief in die Wiese drücke. Ich lausche und versuche den Herzschlag noch einmal zu hören. Suraja legt sich dann neben mich, das Gesicht seitlich im Gras versunken, auch sie will horchen. Wir halten uns an den Händen wie ein junges Liebespaar und nehmen dankbar die Kräfte, die Energien und die Weisheit dieses Planeten auf. Dieses Lebewesens, das uns duldet und uns Schutz gewährt. Und wir spüren, wie es uns durchdringt und wie unsere Empfindungen, unsere Körper und unser Geist verschmelzen.

Heute weiß ich, die Erde ist die bildhafte Darstellung und Stofflichkeit des Schöpfers. Ich bin überglücklich und sehr dankbar, so nah bei ihr sein zu dürfen, ich bin im Paradies angekommen. Er selbst nahm mich bei der Hand, ich durfte erkennen und wurde nach Hause geführt.
Und wenn ich hinter unserem Haus auf der kleinen Bank sitze und das Leben meine Sinne umkreist, ist es noch immer da, es ist zu hören und zu spüren, jenes Pochen, welches mich durchdrang, erfüllte, erschuf und formte.

Und ich erlebe und höre es noch einmal, gesprochen von einem, der die Welt von außen und nach innen sehen und einen Moment der göttlichen Unendlichkeit erfahren durfte.

Die Aufzeichnungen aus meinem Cockpit habe ich unzählige Male gehört. Sie wurden bislang nie der Öffentlichkeit zur Verfügung gestellt:
Aufzeichnung der Ereignisse in der Raumkapsel kurz vor dem Aufschlag:

„Immer näher kommen wir uns. Ich habe keine Angst vor dem Aufschlag. Fremd und dennoch vertraut.
Was ich spüre, ist nicht zu beschreiben, Geborgenheit von tiefster Wärme ergießt sich über meinen Geist und meine Seele."

»So, genau so wirst du dich fühlen, wenn ich dich rufe.
Keine Furcht, keine Sorge, keine Hast, keine Ängste begleiten dich, nur das Gefühl zurückzukehren an den Ort, an dem es begann und es immer wieder von Neuem beginnen wird.
An jenen Ort, an dem sich Anfang und Ende, Geburt und Tod versöhnend die Hand reichen.
Es gibt keinen Anfang und kein Ende.
Alles ist gut. Alle Schuld vergeben ...«

Die Aufzeichnungen gingen noch weiter. Es waren Explosionen, heftige Geräusche und eine dumpfe Detonation zu hören und nach einem lauten Knall herrschte Stille.
Dann:

» *Herzblut Herzglut*
Stell dir vor, der Planet Erde ist ein Organismus
Ein Ganzes
Ein Lebewesen

*Öl und Gas in meinem Innern sind wie das Blut
in euren Adern,
Atmosphäre, Wasser und Kruste
bilden die schützende Haut.
Tief im Innern schlägt mein Herz,
bedeckt von glühender Lava.
Mein Herz ist der Energiequell,
die Glut fürs Leben.
Auf meiner Oberfläche tummeln sich zahlreiche
Geschöpfe und Lebensformen,
unbedeutend, vielleicht,
hoffentlich.
Gelegentlich schüttele ich mich und stoße
überschüssiges Lebenselixier aus,
Aus Freude?
Aus Zorn?
Als Beweis, dass ich lebe.*

*Mein Herz schlägt, ich wurde geboren,
ich lebe, ich atme, ich fühle,
einmal war ich jung,
ich werde älter,
ich werde auch sterben.*

Bis dahin gebe ich euch Gelegenheit zu erkennen.

*Ein Lebewesen, ein Organismus.
Ihr seid aus mir, ich bin aus euch.«*

Beim Zitat dieses Funkspruchs bin ich noch immer
sehr gerührt und ich füge bei meinen Erzählungen im
Stadtpark gerne einige Sätze an.

»Ihr müsst nicht zögern, das Gehörte zu glauben, folgt einfach eurem Herzen und werdet mit mir Brückenbauer.«

In diesem Sinn. Fangen wir an, die Erde mit anderen Augen zu sehen und ihr den Respekt und die Ehrerbietung entgegenzubringen, die IHR zukommen.

Die Erde aus ca. 400.000 km

Die Erde aus ca. 100.000 km

Die Erde aus ca. 38.000 km

126

RAUMSCHIFF
Teslar- SX 23
antwortet nicht

Sputnik 13
Verschollen im Weltall

Originalbilder, Paulo Acryl auf Holz, je 120 x 120 cm. Während dem Malen der Erdbilder wurde mir diese Geschichte zum Weitererzählen geschenkt. Das Gemalte und der Text entstanden parallel und ergänzten sich immer wieder wechselwirkend.

„Im Mittelpunkt meiner Arbeiten steht die Erde,
die ich als eigenständiges Lebewesen betrachte,
sie ist für mich die Materialisierung der
göttlichen Existenz.“

Die Erde ist vollkommen sie kann nicht
verbessert werden.
Wer sie besitzen will wird sie verlieren.
Wer sie ausbeute wird sie zerstören.

www.erdpate.de

Bislang erschienen
RAUMSCHIFF Teslar- SX 23
antwortet nicht
Sputnik 13. Verschollen im Weltall. 2017
Der Kindheitstraum eines kleinen Jungen, als
Astronaut fremde Planeten zu erkunden, geht in
Erfüllung. Bei seiner Reise durch das All soll der
mittlerweile ausgebildete Astronaut mit seinem
hypermodernen Raumgleiter im Orbit einige
Reparaturen an der Raumstation durchführen, an
einem Satelliten ein neuartiges Empfangssystem
installieren und einige neuartigen Techniken testen.

Als der Rückflug zur Erde eingeleitet wird, schaltet
sich auf Grund mehrere Fehlfunktionen der zu
Testzwecken an Bord befindliche Teslaantrieb zu
dem normalen Antriebsystem hinzu. Die
Möglichkeiten, den Raumgleiter zu manövrieren,
erweisen sich als sehr gering. Das Überleben im Al
ist Dank der modernen Technik an Bord möglich.
Das viel größere Problem ist, dass das Raumschiff
nicht mehr zu steuern ist und sich immer weiter von
der Erde entfernt.
Über viele Jahre hinweg geht der Kosmonaut in Zeit
und Raum verloren. Ohne Hoffnung, seine Familie
und die Erde je wieder zu sehen, beschließt er,
seinem aussichtslosen Dasein ein Ende zu bereiten.
Alle lebenserhaltenden Aggregate werden abgestellt.
Dem Tode nah macht er eine sensationelle
Entdeckung. Sein Shuttle wird von einem Lichtstrahl
erfasst und geführt. Spannend wird die Geschichte
des kleinen Jungen bis hin zu diesem Schicksalhaften
Weltraumflug erzählt. Ob er je wieder zur Erde
zurückkann und was ihn dort erwartet ist fraglich.

Der letzte Atemzug,
Im Kampf um Liebe und Licht, um die Herrschaft
über die Erde, stehen sich die Dämonen, die
Verbündeten der Finsternis und des Verderbens den
Lichtkriegern des Fürsten Rana gegenüber. An der
Seite des Fürsten der Rote Reiter. Ob er mit seinen
Legionen helfen kann, bleibt ungewiss. Zunächst
scheint es um einen Kampf in althergebrachten
Dimensionen zu gehen. Schon bald wird aber klar, es
geht um das Ganze, es geht um den Kampf der
Kämpfe. Hier wird nicht um Land und Reichtümer
gekämpft. Vielmehr entbrennt ein mit äußerster Härte
geführter Kampf um den gesamten Erdball, um alles,
was war und jemals sein werden würde. Es geht um
unsere bestehende Weltordnung mit für Millionen
damit verbundenes Leid, ein Kampf gegen
Unterdrückung und Ausbeutung, Egozentrik und
Rücksichtslosigkeit: Fürst Rana führt seine Legionen
mit 350.000 Kriegern des Lichts in einen scheinbar
aussichtslosen Kampf. Der Tod scheint gewiss bei
der kaum noch vorstellbaren gewaltigen Übermacht
der eine Million Dämonenkrieger, ausgestattet mit
Waffen von grausamster Zerstörungskraft. Schon
bald wird dieser Kampf entschieden, ist er doch
bereits seit langer Zeit auch um uns herum und
überall im Gange. Bald muss sich die gesamte
Menschheit entscheiden, auf welcher Seite sie stehen
und kämpfen will. Der Ausgang dieser Schlacht wird
von uns allen selbst mitentschieden.
Diese Geschichte ist nichts für schwache Gemüter,
beschreibt sie in vielen Passagen doch auch unsrer
Zeit. Nicht für Kinder geeignet.

Atlantis lebt!
Unbekannte Lebensformen im Erdinneren entdeckt.
Anfang der 1990er-Jahre begann man südlich von
München mit Tiefenbohrungen auf der Suche nach
neuen Energiequellen. In einer Tiefe von über 4000
Metern stößt das Forscherteam unter dem damaligen
Leiter Dr. Werner auf ein riesiges Reservoir von 140°
C heißem Thermalwasser. Bei der Auswertung
machen die Wissenschaftler eine unglaubliche
Entdeckung: Dr. Werner kann bislang völlig
unbekannte Lebensformen in dem heißen Wasser
nachweisen.
Auf einer Pressekonferenz zu dieser Sensation
kommt es zum Eklat: Offenbar wollen
Wirtschaftsverbände und Politiker die Resultate
vertuschen. Schlägertrupps stören die Veranstaltung
und versuchen an die beweiskräftigen Bilder zu
kommen. Einem jungen Journalisten aus Wien
gelingt es, diese einzigen Beweise für die Existenz
der Lebewesen zu stehlen, und gerät in einige
Schwierigkeiten.
Ob die neue Lebensform der Thermal-Biotics eine
Chance hat, ist fraglich.
Ein engagiertes Buch für den Erhalt unserer Erde und
ein friedliches Miteinander ihrer Bewohner.

**1. Das Geheimnis der alten Ming-Vasen und
2. Letzter Aufruf Afrika.**
Auch für Kinder zum Vorlesen geeignet.
1.   **Der Bauer Woh Kann Doo** hat eine Kuh
namens Chie. Diese Kuh gibt jeden Tag einen Eimer
beste Milch, von der er sich und seine Familie gut

ernähren kann. Diese Kuh hat er von seinem Vater erhalten und der hat sie wiederum von seinem Vater. Sie ist seit vielen Generationen bei den Doo`s und sorgt für deren Auskommen. Da die Kuh seit jeher bestens versorgt und wie ein Familienmitglied behandelt wurde, war sie überglücklich und zufrieden. Noch nie hatte sie einen Gedanken an Leid, Krankheit oder gar den Tod verschwendet. Dadurch war sie unsterblich. Eines Tages packt den jungen Bauern die Gier. Ein Eimer Milch ist ihm nicht mehr genug. Er will raus aus dem kleinen Bauernhaus in dem die Doo`s seit Generationen leben. Ein neues, großes Steinhaus in der Stadt soll es sein. Mit der Kuh erhofft er sich das schnelle Geld. Er melkt seine Kuh immer häufiger, bis sie schließlich drei Eimer Mich am Tag gibt. Das eigenen, gute frische Futter von seinen Feldern verkauft er und kauft billiges Schimmliges Heu. Er Chie in einen dunklen zugigen Stall. Keiner kümmerte sich mehr um sie. Nur noch alle 3 Tage wird ausgemistet. Zum Trinken gibt es abgestandenes Wasser. Die Kuh Chie ist darüber so unglücklich, dass sie das erste Mal in ihrem Leben an Krankheit und Tod denkt. Das sie im Sterben liegt bemerkt der gierige Bauer erst, als es fast schon zu spät ist.

2. Letzter Aufruf Afrika,

Eindrucksvoll wird von einer Nomadengruppe berichtet, die wie jedes Jahr im Herbst ins warme Winterquartier aufbrechen will. Wenige Tage vor Aufbruch, wird ein junges Mitglied einer Familie durch ein Ungeschick schwer verletzt. Er ist nicht in der Lage, diese schwere Reise an zu treten.

Als die Sippe aufbrechen will, kann sich diese Familie dem übrigen Glan nicht anschließen, da ihr Junge die Anstrengungen nicht überstehen würde.
Trotz des nahenden Winters beschließen die Sippenanführer noch eine Woche zu warten. Aber auch nach dieser Zeit würde er die Strapazen nicht überleben. Weiteres Abwarten würde das Überleben der ganzen Sippe gefährden. Als die übrigen Familien in den frühen Morgenstunden aufbrechen, bleibt die Mutter bei ihrem verletzet Jungen und hofft auf ein Wunder. Die Lage ist aussichtslos. Ein überwintern in diesen Breiten würde alle das Leben kosten.
Alleine wäre der beschwerliche und gefährliche Weg, keinesfalls zu schaffen. Von Tag u Tag wird es kälter und die ersten Fröste überziehen das Land.
Eine Geschichte, über Zusammenhalt, Zuneigung, Mut und eisernem Willen

Mallorca, ein Reisebericht von Paulo. Mit der Wünschelrute zu den Kraft- Plätzen der Insel Mallorca.
Mallorca einmal anders. Die Zauberinsel im Mittelmeer nicht nur auf den üblichen Land- schaftsrouten der Touristen, sondern mit den Augen und allen Sinnen eines leidenschaftlichen Wünschel- rutengängers betrachtet. Denn der Autor ist selbst Einer von dieser seltenen Spezies, ein besonders begeisterter und erfahrener. In diesem Buch nimmt er uns mit auf seine abenteuerliche Spurensuche. Seine einzigartigen Erfahrungen, die intensive Kommunikation mit Tieren, Pflanzen und Steinen, spannender geschildert als jeder Krimi, faszinieren. Aber auch die üblichen Reisein-formationen über die

schönsten Buchten, die erlangen Strände, die pittoresken kleinen Dörfer, die Highlights der größeren Städte und die Glanzlichter der Inselhauptstadt Palma werden nicht ausgespart. Neben der Beschreibung vieler Sehenswürdigkeiten, nimmt uns der Autor mit auf ausgewählte, von ihm persönlich durchgeführte Wanderungen. Anschaulich und nachvollziehbar vermittelt der Autor die Handhabung der Wünschelrute und den Gebrauch des Pendels. Mit Hilfe dieser uralten Techniken, die fast vergessen waren, ergeben sich ungeahnte Möglichkeiten. Sie eröffnen uns eine ganz neue Sichtweise, wir erleben dadurch wunderbare, manchmal unglaublich erscheinende Dinge und Begegnungen der besonderen Art. Dieser Reisebericht ist ein einzigartiges Geschenk. Der Zugang zu einer Welt, die einem bis dahin vielleicht fremd und unbekannt war: wunderbar bereichernde Erlebnisse und Erfahrungen, die auch in unser Alltagsleben einfließen werden.

Rana, und die alte Linde, Hüter des Orakels und des goldenen Amulettes.
Leben auf dem Kultplatz!
3.000 Jahre, die wechselvolle Geschichte eines Dorfes aus der Sicht der Bäume.
Dies ist die wechselvolle Geschichtete eines kleinen Dorfes. Sie beginnt etwa 1.000 Jahre vor Chr. Die Chronik des einstigen Kultplatzes wird von den nahen Bäumen am Waldrand erzählt. Hierbei spielt die alte knorrige Linde eine besondere Rolle. Sie steht da seit Beginn der Zeit und hat so manches erlebt, all dies gibt sie in dieser Erzählung weiter. Sie

hat die Aufgabe den Kultplatz zu schützen und die Geister der Finsternis zu vertreiben. Vor 3.000 Jahren wird der junge Rana erstmals von seinem Vater Gunnar, der zur Sippe der Krähen gehört, mit zur alten Linde Heros genommen. Dort erfährt er von seinen besonderen Fähigkeiten mit Bäumen und Pflanzen kommunizieren zu können. Zwischen Rana und den Bäumen entsteht eine besondere Beziehung. Rana und sein Nachkomme sollen den Platz und seine Geheimnisse für immer schützen. In unserer Zeit wird Jakob, ein Familienvater, ohne sein Wissen von den Bäumen als Beschützer des Ortes auserwählt. Dabei soll ihm die Kraft des goldenen Amuletts helfen. Er soll den Kampf gegen die Mächte der Finsternis im Sinne Ranas weiterführen und endgültig für die Mächte des Lichts entscheiden.
Ein verbitterter Kampf um den einstig heiligen Platz. Die Familie um Jakob gerät hierbei in Lebensgefahr. Wird es gelingen diesen Ort zu befrieden?

Die letzten ihres Stammes
Im Bereich der Sagen umwobenen Mascaschlucht und den unzugänglichen Bergen und Schluchten Teneriffas verstecken sich seit hunderten von Jahren die Nachkommen der Guanchen. Paul hat seit einer halben Ewigkeit nichts mehr von seinem Jugendfreund Robert gehört, als ihn plötzlich die Nachricht erreicht: Robert ist tot und er hat ihm sein Eigentum, eine verfallene Stein Hütte auf Teneriffa hinterlassen, wo er viele Jahre seines Lebens verbrachte. Paulo entscheidet sich das Erbe anzunehmen und fliegt nach

Teneriffa. Dort begegnen ihm die merkwürdigsten Ereignisse und er stößt in einem alten Tagebuch auf ein Geheimnis, das er nie für möglich gehalten hätte. Nicht nur er interessiert sich dafür, auch die spanische Regierung wird auf ihn und das Geheimnis aufmerksam.

Gibt es die in diesem Tagebuch von Robert beschrieben Ureinwohner tatsächlich. Wieso und warum verstecken sie sich dort und unternehmen alles ihre Existenz geheim zu halten?

Verse & Gedanken
Eine Sammlung von Gedichten, Versen und vielen Kurzgeschichten.

Kunstaktionen.
Eine Zusammenfassung ironischer, selbstkritischer und provokativer Aktionen der letzten 25 Jahre.

Bilder und Skizzen.
Ein Resümee vieler Arbeiten aus zwei Jahrzehnten. Öl, Acryl, Kohlezeichnungen und Radierungen.

Skulpturen.
Dreidimensionale Kunst aus Stein, Holz und Metall

land-art.
Vergängliche Kunst in und mit der Natur.
Die Königsdisziplin

Vita
Paulo Aktionskünstler und Autor. 1957 in der Nähe der Deutsch-Französischen Grenze geboren. Mit 12 Jahren kreierte er seine ersten Holzskulpturen und nahm an Ausstellungen teil.
Texte und Gedichte folgten ab dem 17 Lebensjahr. Kunst in Form von Bildern und Skulpturen begleitete in fortan. Über die Jahre zahlreiche Einzel- und Gruppenausstellungen. Neben seiner handwerklichen Ausbildung mit vier Meistertiteln und zahlreichen Schulungen im In- und Ausland, zog es ihn 1984 nach Bayern.
Auf dem Gebiet alter fast verloren gegangener Handwerkstechnicken war er ebenso, wie im Bereich der Kulissen-gestaltung- und Kulissen-malerei aktiv.
In Oberbayern lebte er 20 Jahre auf seinem Hof, auf dem er neben seinem beruflichen/künstlerischem Engagement mit seiner Familie, Ponys, Pferden, Ziegen, Schafen und Kaninchen ein Therapiezentrum für Kinder betrieb. Heute lebt und arbeitet der Künstler in Bad Tölz. Hier widmet er sich voll und ganz seiner Passion der Kunst und des Schreibens. Gerade die Nähe der Berge, die Natur und der sich ständig wandelnde Fluss der Isar inspirieren ihn.
Er absolvierte er eine Schamanische und Geomantische Ausbildung. Wikipedia: Geomantie oder *Geomantik* (altgriechisch] „Erde" „Weissagung", also in etwa *Weissagung aus der Erde*) ist auch eine Form des Hellsehens, bei der Markierungen und Muster in der Erde oder Sand, Steine und Boden zum Einsatz kommen. Heute ist die Geomantie im ursprünglichen Sinn in Europa fast verschwunden. Der Begriff wird heute für andere Methoden verwandt, zum Beispiel in Zusammenhang mit den sogenannten Ley-Linien, die eher dem chinesischen Feng Shui ähneln.
Die Lehre eines Shaolin-Mönchs und die Atempausen in Klöstern führten ihn weiter auf seinem Lebensweg. Dabei erlernte er fast vergessene Methoden und Vorgehensweisen, unter anderem ganz bestimmte Traum Meditationen.
Durch die Fähigkeit sich in Tagträumen voll und ganz in die jeweiligen Schauplätze und die Protagonisten seiner Erzählungen zu vertiefen, gelingt es ihm, vielerlei verborgene Dinge zu spüren und zu sehen.
Seine Empfindungen, Erlebnisse, die Begegnungen und die Abenteuer, die er bei seinen Reisen erlebt, gibt er in seinen

Büchern und Erzählungen weiter, die er neben seinen künstlerischen Arbeiten seit vielen Jahren verfasst. Abenteuergeschichten, Romane, Science- Fiction und Märchen um Trolle, Zwerge, Feen, Elfen und zauberhafte Fabelwesen nehmen seine Leser mit in eine wunderbare Welt der Fantasie.

In vielen seiner Texte, Umwelt- und Friedensaktionen greift er ökologische, gesellschaftliche und soziale Themen auf. Er mischt sich seit über 30 Jahren aktiv ein und bezieht klar Stellung.
Seine Geschichten tragen oftmals eine geheimnisvolle, subtile und doch einfache Botschaft zum Schutz der Erde und der Welt, in der wir leben, in sich anregend, selbstkritisch, ironisch, spannend, anschaulich, zauberhaft.

„Im Mittelpunkt meiner Arbeiten steht die Erde,
die ich als eigenständiges Lebewesen betrachte,
sie ist für mich die Materialisierung der
göttlichen Existenz."

Die Erde ist vollkommen sie kann nicht
verbessert werden.
Wer sie besitzen will wird sie verlieren.
Wer sie ausbeute wird sie zerstören.

www.erdpate.de